DE STRIK

Hugo Raes

De vadsige koningen, 12e druk
Een faun met kille horentjes, 10e druk
Bankroet van een charmeur, 6e druk
De lotgevallen, 7e druk
Reizigers in de anti-tijd, 8e druk
Het smarán, 2e druk
De goudwaterbron

De Bezige Bij

Hugo Raes

DE STRIK

Roman

1988
Uitgeverij De Bezige Bij
Amsterdam

Voor België Contact NV Antwerpen
Copyright © 1988 Hugo Raes
Omslag Wout Muller
Druk Tulp Zwolle
ISBN 90 234 3052 2
NUGI 300
D 1988 79 3

Foto's of tekeningen? had ze gevraagd. Haar stem klonk positief, bijna opgewekt: Vijfhonderd frank per uur, maar iets anders dan poseren moet u zich niet inbeelden. Het klonk kordaat. Dat begrijp ik, in orde, zei hij door de telefoon en toen ze vroeg waar, gaf hij het adres op van de kamer die hij voor de duur van drie maanden had gehuurd. Indien hij wou kon hij de huurperiode verlengen. Het leek hem een professionele start voor zijn serieus geplande activiteiten. De series gestileerde landschappen die in de lente en in de zomer tot stand waren gekomen beschouwde hij nu als een afgeronde periode.

De idee van een huurkamer in de oude stad, dicht bij de eerste havendokken, had hij jarenlang gekoesterd. Nooit kwam hij er toe. Inge kon begrijpen dat hij om een persoonlijke creatieve sfeer op te bouwen in een andere wereld moest kunnen wonen. Toeven. Tijdelijk toeven. In hun rijhuis kon hij die niet meer te voorschijn toveren. Trouwens, hij staat daarin niet alleen. Hebben niet alle schilders daarom ergens een atelier, ver genoeg van het banale? Een gewone kamer met veel licht en uitzicht was al voldoende voor hem.

Als hij maar zo'n eilandje had om zich op terug te trekken. Daar was het mee begonnen. Die kamer vond hij bij toeval, gelegen in een hoekhuis waarvan de ramen uitkeken op de dokken links en een groot kruispunt met hobbelige straatkeien rechts, waar overdag, tijdens de werkuren, heftrucks en containertreinen voorbijdokkerden. De treinsporen liepen er

glad blinkend in een fijne boog dwars door het kruispunt. Hier bruiste nog de havenarbeid. In de vijf andere spievormige hoekhuizen waren kroegen geves-
tigd waar havenarbeiders en vrachtwagenchauffeurs
op alle uren van de dag te vinden waren. Hij had er
nog eens een vuil gevecht gezien met kopstoten en
kniestoten en stampen en vuistslagen, en één keer
twee kerels die elkaar met een ijspik en een zakken-
haak te lijf gingen. Flitsen van gevechten op school
kwamen hem in brokken voor de geest. Woedend ge-
huil van een razend kind dat niet opgewassen is tegen
een ander en machteloos afgetuigd wordt. Hoe vaak
niet was hij naar zo'n tweetal gestoven om ze uiteen te
trekken, soms met de grootste moeite, terwijl ze elkaar bleven slaan, krabben en trappen. Soms, net als
zijn collega's, had hij er laten begaan, toeziend hoe
twee schoelies, waar ze al vaak last mee hadden gehad, elkaar probeerden af te maken. Want dat was
het. Niet meer en niet minder, in haat en razernij
wensen ze alleen dat. Bloed spuit uit Mertens' neus,
Vandepoel spuwt bloed uit, heeft één oog dat direct
dichtzwelt, maar komt terug. Mertens krijgt een kop-
stoot onder de kin, je hoort de tanden op elkaar slaan,
hij struikelt bijna achterover, herneemt zich, geeft een
hoge zijlingse kick naar de keel of het gezicht van de
andere die meteen terugtrapt en half de stamp incasseert. Tranen komen nu in Mertens' ogen, zijn onderlip trilt. Het ogenblik is gekomen om op te treden. Tegen de muur alle twee! Gedaan nu, hoor je! Jij hier en
jij daar. Zo, laat eens horen. Hij... en hij... dat is niet
waar, je liegt... wel waar! En hij zei, en ik zei, en hij en
hij en hij... De meeste meisjes hebben zich al eerder
arm in arm afkerig verwijderd. Een enkele komt er

smakelijk lachend vandaan. Dijenkletsend. Wanneer een kreng op zijn verdoemenis kreeg van een aardige leerling, wachtte de leraar ook wel eens eventjes, tot de afrekening volstond. Opluchting. Een korte wachttijd, blij dat iemand anders het karwei klaarde in zijn plaats. Dat zal die pestvent deugd doen. De ventielfunctie is belangrijk, ook in het opvoedingsproces.

Door de witte afgebladderde voordeur was hij nieuwsgierig de smalle oude trap opgegaan. De witte muren van de kamers op de eerste verdieping waren nog in behoorlijke staat. Er hadden zich de rechthoeken van een kast en van twee prenten op afgetekend, de plankenvloer was ruw en splinterig. Maar het licht en het uitzicht waren indrukwekkend poëtisch. Boven de dokken het wijde uitspansel van wolken en fel daglicht. De binnenschepen in trossen tegen elkaar aan. Een steile sleepboot en een drijvende bok aan de overkant. Hier hing nog iets ongetemds, iets van wijde wateren, besef van verten. Hier was de sfeer niet die van Henks straatje met popperige voortuintjes en huisvrouwen met caddies. Hier onderging hij een gedaanteverwisseling. Henk 'Dick' Elst, de schilder, de man met het oog voor nuances van licht, silhouetten, vormen, constructies, beweging, kleuren, schoonheid. Een delirisch gevoel scheerde door zijn innerlijk. Een machtig blijk van levensdrift, van esthetische, creatieve verrukking.

Toen werd aangebeld zat hij net verdiept te prutsen aan een vastgeklemd knipje van een van zijn houten schildersdozen. Hij trok de voordeur via het touw open. Gelijkvloers woonde niemand. De vroegere kamers dienden er als stapelplaats van nog nieuwe, in elkaar passende plasticbakken van een visgroothandel. Ja, komt u maar boven, riep hij. Hij liet zijn kamerdeur openstaan en bleef met zijn veelarmig Swiss Army Knife wrikken aan het kistje. Hij hoorde hoe de bezoekster opvallend traag de trap opkwam. Achteloos keek hij op en zag eerst het meisjeshoofd verschijnen. Dan kwam zij tot het middenrif in beeld, daarna weer iets meer. Op de overloop bleef ze staan, wat hem verwonderde. Na een seconde of drie kwam haar beeld weer in beweging. Nu het licht van zijn deuropening op haar viel zag hij dat het een mooi meisje was. Dan merkte hij dat ze niet alleen was. Met een beetje afstand en onhoorbaar was een jonge kerel achter haar verschenen. Mijn naam is Dick, aangenaam, zei Elst zelfbewust en krachtig. Het model knikte koel en wees met haar duim over haar schouder. Mijn vriend komt altijd even een kijkje nemen, maar hij wacht in de auto, hoor. De vriend zei niets, beet een lucifer in tweeën en keerde rustig zijn rug naar hen. Nog voor Henk hem had kunnen peilen ging de man even traag als hij gekomen was de trap af, geluidloos op zijn tenisschoenen. Het meisje zette haar eerste stappen in de kamer. Zij nam met een kennersblik poolshoogte en de tijd van een oogwenk leek te volstaan om hem in te schatten. Net als een hoer, overwoog hij. Zij onderbrak haar kauwgomkauwen niet toen ze zei: Dit je atelier? Hij knikte bevestigend. Hij droeg zijn meest losse, uitgezakte fluwelen broek en versleten schoenen van zeildoek die hij ooit eens in Italië had gekocht en die hem lekker zaten om staande te werken, hij zag er wat sloddervossig uit. Amateur, zei ze. Haar stem was licht, niet hoog en ze sprak 'beschaafd' Antwerps dialect. Hij ontweek met een lachje een direct antwoord. Iedereen is amateur, zei hij vervolgens opgewekt, wij blijven eigenlijk allemaal ons leven lang amateur. Was het echt geringschattend dat ze hem aanstaarde? Hij meende van niet. Of bent ú een professional? Ze haalde de schouders op alsof dit van geen belang was. Ze kuierde naar een van de ramen en nam panoramisch de omgeving op. Mooi uitzicht en goed licht, stelde ze vast. Maaaarr... niks voor de wintermaanden, of je zou hier bijzonder stevig moeten stoken. Ze keek meewarig naar de half zwarte, half roestige kolomkachel. OK, zei ze, waar? en trok meteen haar witte trui over het hoofd en stapte uit haar grasgroene rok. Ze legde de kledingstukken zorgvuldig op een van de twee stoelen. Schoenen aan houden? vroeg ze onverstoord. Verrast zei hij nee... nee... alsof hem een rare vraag was gesteld. Ze glimlachte en deed haar zwarte bh en slipje uit. Die legde ze zorgvuldig op de andere kleren. Kousen droeg ze niet. Haar huid was integraal mooi gebruind. Dit is een prachtig kind, zag hij. Haar borsten waren niet groot en dat er zulke fijne spitse tepeltjes bestonden wist hij niet. Heel dunne afgeronde puntjes alsof ze er aan gezogen waren als aan een zuurstok. Zonder dat ik erom vraag kleedt u zich uit, lacht hij. Ik weet dat op voorhand, zei ze, ze zijn allemaal dezelfden, allemaal in serie gemaakt, aan de lopende band, lijkt het wel. Ze denken allemaal hetzelfde en ze willen allemaal hetzelfde zien.

Filosofisch zei hij zacht: Dat weet ik niet zo zeker. Ik heb honderden tekeningen en aquarellen gemaakt van allerlei onderwerpen en vanzelfsprekend naar het levend model, maar evengoed gekleed! Ze wees met

9

de wijsvinger naar haar stapeltje. Nee, zei hij, u heeft een fantastisch lichaam. En gezicht. Ze hief de wijsvinger belerend op: In het uur is het aan- en uitkleden en zo inbegrepen. Ik poseer dus drie kwartier. Behalve de eerste keer, vanwege de kennismaking en de afspraken. U betaalt vooraf. Als u langer dan een uur wilt, moet u dat van tevoren zeggen zodat ik hiermee rekening kan houden in verband met mijn andere afspraken. De eerste keer zijn we 'breed', komt het niet op een minuut aan. Later wel, als u mij nog nodig zou hebben, anders klopt mijn planning niet meer.

Snel berekende hij hoeveel ze wel kon verdienen, twintig dagen per maand, à vier klanten per dag... zwart. Maar zoveel zal ze er wel niet hebben. OK, zeg het maar. Hij kucht, wijst zelfbewust met een sierlijke boog naar de tweede stoel. Zet u zich daar, één been opgetrokken, met de hiel op de rand, handen op de knie gestrengeld. Ze heeft wel grote voeten. Is het om mijn kutje te zien? Nee, zegt hij gemeend. OK, zegt ze, maar dikwijls is 't dat. De kunst is vaak bijzaak. Hij lacht: Dat juffrouw, kan ik mij voorstellen. Zeker in het aidstijdperk. Het erotisch zien, het leren kijken als lustbeleving is aan een opwaardering toe. Het is een zintuiglijk vermogen dat opnieuw vroegere en al vergeten functies toebedeeld krijgt. Wat een stomme formulering. Ik bedoel... nou ja. Ik begin nu maar dadelijk met de schets. Voor de inkleuring, de schaduwen, de finesses zal toch een tweede beurt nodig zijn. Zij antwoordt niet en zit al in de gevraagde houding. Vaardig zet hij de eerste punten, past de verhoudingen af en de eerste lichte potloodlijnen verschijnen. Het begint goed, weet hij. De aanzetten zijn trefzeker.

Zijn eerste model was Inge, toen ze pas vrijden al. Zij schepte er behagen in. Hij was koortsachtig aan het werk, schetsend, gummend, brommend, fluitend, sakkerend. In het begin waren de bladen van schooltekenblokformaat. Later wilde hij haar levensgroot uitbeelden. Dat viel niet mee. Levensecht en toch niet te academisch, te fotografisch. Vanaf het begin probeerde hij een eigen stijl te ontwikkelen. Sommige onderdelen kregen als vanzelf meer accentuering. De poses die hij geraffineerd oplegde straalden sensualiteit uit. Zijn zinnelijkheid werd er krachtig in weerspiegeld. Hij schonk haar jonge lichaam bijkomende charme door welgekozen dikkere aanzetten en lijnen, zo scherp alsof ze met een scheermesje waren getrokken. Het haar hield hem altijd in zijn greep. Het haar dat hing, dan weer was opgestoken, verward, wild of glanzend achteruitgekamd en gespannen in een pony. Of met een lint over het hoofd samengehouden zoals de bobbysoxermode in de jaren vijftig was. Het lichte haar onder haar oksels, op haar pubis en breed uitgegroeid in haar liezen. Hij weet zeker dat elke kunstenaar minstens één keer het schaamhaar van zijn model heeft laten wegknippen of afscheren. Dus ook hij. Weer een nieuw facet in hun liefdesleven en in zijn tekeningen. Ze beklaagde zich er over dat de stoppeltjes prikten en dat ze er jeuk van kreeg, zodat ze voortdurend behoefte had zich daar te krabben. In het openbaar wel lastig. Ze had hem eens over een lerares verteld op de kweekschool, die de gewoonte had met haar onderbuik tegen de punt van haar lessenaar, of tegen de eerste bank te staan rijden. Misschien was dit de reden, zei hij. Ergens weggeborgen lagen nog deze erotische tekeningen en aquarellen die nooit iemand anders dan zij tweeën hadden bekeken. Eigenlijk was het zonde dat zijn erotische en pornografische werken niet getoond konden worden. Ze behoorden tot zijn meest bezielde werk, maar Inge was er zo nauwkeurig, herkenbaar op geportretteerd. Misschien véél later zou hij er ooit mee te voorschijn kunnen komen. In een ander land, ook, ja. Of wanneer ze beiden oud zijn. Als de mooiste hymne aan hun jonge jaren, hun liefde en Inge's door hem zo bejubelde en vastgelegde schoonheid. Alles was mooi aan haar, vond hij, ze was een unieke vrouw.

Een enig, speciaal voor hem gegroeid exemplaar, nog pril aan hem toevertrouwd en door hem, en door haarzelf tot volle wasdom en rijping gebracht. Inge is een meesterstuk. Een meesterwerk. Dat van hem. Tientallen, misschien honderden keren uitgebeeld, geprojecteerd. Ode aan het leven. De tieten van Inge. De kont van Inge. Inge van achter. Inge van voor. Inge in profiel. Inge liggend, staand, zittend, slapend, zonnend, in originele houding, provocerend, het spel meespelend. Zij was het speelse lokaas voor zijn gulzigheid en voor zijn scheppen. Lijfslijnen en licht. Hoe dikwijls snakte hij naar het einde van de schooldag om zich aan zijn hunkeren over te kunnen leveren. Zij speelden en vrijden en bedreven de liefde hartstochtelijk. Geen andere modellen? Een keer hadden ze meegedaan aan een eerste van een reeks avondjes met vroegere vrienden van de kweekschool. De gastvrouw zou poseren, nadien was het de beurt aan een ander echtpaar, bij die thuis. Na het eerste avondje had Inge met haar klompen aangevoeld waar dat op uit zou draaien. Ze wilde dit niet meespelen. Gelijk kreeg ze. Een jaar later was het voorspelbare geschied. De eerste verhoudingen en echtscheidingen. De overmoedige jaren.

2

Hij trekt zijn ruwlederen tuinhandschoenen uit en legt ze op het lage tuintafeltje van wit plastic dat als een Floridasuggestie op het gazon prijkt. De zon is weer even van de partij, maar niet voor lang. Andere wolkenformaties komen er aan als mysterieuze blijken van steeds hernieuwde ijver. Over vijf, tien minuten zal het opnieuw betrokken zijn. Misschien komt er een kleine zomerbui.

Vroeger was het heus toch wel anders, zei Inge. Toen wij klein waren, droegen wij van Pasen af toch heldere zomerjurkjes en witte schoenen. Dat is misschien wel waar. In maart al knikkerden de kinderen en smeten behendig hun draaitol op het trottoir. Ze hakten ermee in op de tegels en soms sloegen er vonken uit wanneer de houten tol met zijn ijzeren punt op de stenen neerkwam. Bijwijlen sprong hij ketsend omhoog. Het kwam er op aan zijn tol het langst te laten draaien. Maar vooraf moest hij bij het werpen binnen het met krijt getekende veldje terechtkomen. Veel hing af van hoe het zachte katoenen koord om de tol gewikkeld was, te beginnen met het uitgeplozen einde dat men met speeksel natmaakte om het tegen het hout te plakken. Vreemd hoe hij zich nu, na al die jaren, afvraagt of hij het allemaal wel goed had gedaan. Had hij zich er wel telkens rekenschap van gegeven of het uitgeplozen eindje niet te nat of te droog was? Hoeveel heb ik mijn leven niet helemaal bewust, niet ten volle overwogen of doordacht gedaan?

En Inge? Wat deed zij die voorbestemd was om zoveel jaren later zijn vrouw te worden in diezelfde tijd?

Hij kan gissen, nee, weet exact hoe zij als klein meisje was. Dat kan hij vermoeden. Een grote ingelijste foto van haar spreekt boekdelen. Hij kent de foto uit het hoofd. De grote verwonderde ogen, het gave voorhoofd, de nette, ietwat stijve houding van een oplettend, gehoorzaam kind. Inge. Hij glimlacht. En later de foto's van een puber met een strik in het haar. Dan een bakvis met een haarlint. Van toen af begon er eigenzinnigheid te groeien en volharding grenzend aan koppigheid. Wilskracht. Waarom hadden al die uitgesproken positieve eigenschappen hem veelal ontbroken? Hij besluit dat zijn genen onvolmaakter geprogrammeerd waren. Genetisch gezien was hij misschien niet zo'n best produkt, peinst hij.

Hij kijkt omhoog. De donkere wolkengelederen die naderbij zijn gekomen blijken niet eindeloos. Achter dit front, deze falanx ziet hij grote en talrijke openingen. Stukken blauw. En gouden en zilveren randen, alsof die erbij getekend zijn. Met waterverf geschilderd. Deze moeilijke techniek werd hem als tienjarige knaap door zijn meester bijgebracht. Ontelbare wolkignatte tekenbladen waren er de vrucht van geweest. Hobbelige blazen met wazig uitlopende contouren erop. Maar geleidelijk had hij met waterverf leren werken. De aquareltechniek had hij op zijn beurt aan zijn leerlingen kunnen doorgeven. Het invullen van zelf met potlood getekende geometrische vakken was een bekende beginoefening: niet buiten de lijnen! Dat was al aartsmoeilijk. De trage voorzichtige kinderhand beheerste toch niet volledig de grillige haren die onverwacht nog, vooral tegen het einde van de lijn, buiten de schreef gingen. Ontmoedigend. Net als alles bijna klaar was waaierde de punt van het zo zorgvuldig gedoopte penseel open of spleet in twee. Of er kwam op zijn minst een haartje uit. Altijd mogelijk ook was een onverwachte trilling of ongewenst schokje van de hand. Tong naar binnen! klonk het geregeld, net als bij het zachtscherpe knippen van het aan één zijde glimmende kleurpapier. Hoofd hoger, niet zo dicht bij je blad. Rug recht! Maar zo stijf rechtop zittend ging het onvermijdelijk verkeerd met het penseel en de begrenzing van de vlakken.

De eerste twee jaar dat hij gepensioneerd was vermeed hij in de buurt van zijn school te komen. Hij kon zich wel voorstellen hoe het zou gaan als de school uit was. Het warrige gewoel en zijn vroegere leerlingen die hem opvallend zouden toeroepen: Dag meneer! Of: Hé, meneer, bent u nu gepensioneerd, meneer? Het vragen naar de bekende weg. Ze zouden om hem troepen, heel dichtbij. En vragen stellen. Of hij moest ze vóór zijn, hún vragen stellen. Hoe gaat het met de studie, jongens? Valt het mee, in het derde jaar? Niet te moeilijk? Het gedrag al wat beter, Willy? En het handschrift, Paul? Nog altijd even knap in wiskunde en fysica, Annette? Dàt was een leerling om nooit te vergeten. Waren ze zo maar allemaal. Maar misschien zou het anders lopen, zouden ze doen of ze hem niet opmerkten, opzettelijk rakelings voor zijn voeten oversteken. Misschien zou er één iets spottends roepen. Je weet het nooit. Bovendien zou hij zich de namen meestal niet meer herinneren. De laatste jaren, wanneer een nieuw schooljaar begon, wist hij de namen al niet meer van de leerlingen aan wie hij twee maanden daarvoor nog les gaf en die hij tutoyeerde als zijn eigen kinderen. Joviaal als het enigszins kon,

16

kordaat tegen degenen die dachten dat ze een loopje met hem konden nemen.

Dat vergéten. Gelukkig hadden Inge en andere oudere collega's dat ook. De laatste tijd werd het nog erger. Van goede kennissen zelfs kon hij al niet meer op de naam komen, zodat hij het maar hield op: Hé, kerel, hoe gaat het met jou? En met je vrouw? De laatste jaren vervaagde alles. Hij betrapte er zich geregeld op dat hij uit de kinderjaren van hun eigen zoon en dochter veel niet meer wist. Als Inge terloops anekdotes ophaalde over de kinderen, zei hij met enige verbazing: dat wist ik niet meer. Maar nu je 't zegt... Dan voelde hij even angst.

Hij staart naar het tuintafeltje. Het pilsflesje is leeg. Maar waar heb ik mijn glas gelaten? Misschien ginds op het vloertje. Hij reikhalst maar ziet het niet. Ook op de tuintrap naar de woonkamer staat het niet. Dan heeft hij het wellicht vergeten in de garage, bij de bakken met het tuingereedschap. Hij laat zich opnieuw behaaglijk achteroverzakken. Morgen de andere helft van de tuin wieden.

Namen. Vroeger werden de kinderen bij de achternaam genoemd. Aangeroepen. Altijd hard, scherp en een beetje dreigend. Zelden vriendelijk. Zelf had hij deze traditie nog lang voortgezet. Tot, naar het einde van zijn carrière toe, de democratisering van het onderwijs begon. Was er een leerling die zich brutaal bleef aanstellen, dan ontnam hij die het voorrecht bij de voornaam te worden genoemd. Die hoorde dan alleen zijn achternaam roepen. Als van een vijand.

Als kind was Henk vaak geschrokken opgevoerd als zijn achternaam plotseling door de klas schalde: Elst! Al de anderen keken dan naar hem. De agressieve klinker, als een schot. Vooral als zijn gedachten waren afgedwaald. Hij voelde zich een beetje gegeneerd om zijn familienaam. Die was niet mooi. Van den Boomgaard ruiste zacht in vergelijking met het harde en schrale Elst. Maar Cloot heten of Pruym, zoals zijn beste makker, of Boerjan, Uittebroek en Knol was helemaal treurig. De dragers ervan waren verzekerd van jarenlange plagerijen. Dat doen knallen van namen, ja hij had het later zelf toegepast. Soms in de wetenschap van: aanval is het beste verweer. Soms er zich in verkneukelend bepaalde ventjes uit hun zoete dromen te sleuren.

Toch is hij er zeker van dat hij graag gezien was door zijn leerlingen. Bijna zeker. Een onbepaald wolkje van twijfel bleef altijd hangen. Hoeveel leraren of onderwijzers worden op handen gedragen. Misschien vergis ik me, denkt hij. Vóór de radiowekker Inge opjut, ligt hij allang wakker, peinzend over de vorige dag en deze die pas is aangebroken. Toen hij nog les gaf gingen zijn eerste gedachten uit naar de klassen die hij die dag had en de lessen die hij had gepland. De maandagmorgen was de rustigste, de vrijdagnamiddag de lastigste van de week. Dan waren ze er mentaal al niet meer bij. Ze zaten te wemelen, schoven onrustig op hun banken heen en weer.

Toch verwondert hij er zich over, achteraf, hoe het mogelijk is kinderen dag in dag uit in een klaslokaal vast te spijkeren. Uur na uur. De laatste twintig jaar zaten ze op stoelen. Die laten individueel schommelen toe en evenwichtsoefeningen waarbij het er op aan komt de stoel alleen op de achterpoten te laten staan, als in het circus. Pas op het laatste moment grijpt men voor houvast naar het tafelblad. Bijvoorbeeld net te

18

laat. De stoel slaat met zijn leerling achterover en klettert tegen de vloer. Enkele vlugge lachers grijpen de gelegenheid aan om overdreven luid uit te halen. De leraar onderbreekt zijn uiteenzetting en wacht veelbetekenend. Hij neemt opvallend traag zijn cijferboekje en rode pen en bestudeert even hoofdschuddend de cijfers en streepjes die er al achter de naam van de rustverstoorder staan. Deze probeert het onheil nog te keren: Het was per ongeluk, meneer, mijn stoel viel om. Opnieuw gelach. Laat je opnieuw inschrijven op de kleuterschool, Joris, daar màg je schommelen. Op hobbelpaardjes en zo. Ook vader en moeder straks vragen om morgen nog eens naar een speeltuin te gaan waar je eveneens je lust tot schommelen kan uitleven. Nu we het er toch over hebben, Joris, ik zie hier al een heel bosje streepjes achter je naam staan. Ik zou maar oppassen als ik jou was, dat je geen ongeluk overkomt.

Hij beseft dat hij half ingedut was nu de bellen luid rinkelen in het uitgebreide technische scholencomplex twee straten verder. Vanuit zijn slaapkamer op de tweede verdieping kan Henk het hoofdgebouw gedeeltelijk zien. Tien over elf. Einde van het derde lesuur. Alleen als de wind uit het oosten komt dringt het belsein tot hun gehoor door. In de buurt van hun eigen school had hij nooit willen wonen. Inge ook niet. Je ziet ze dan allemaal nog buiten de schooluren ook. En in de vakanties. De kinderen en hun ouders. Ze spreken je aan op straat, in de supermarkt. Dan heb je nooit rust.

Sommige jaren doet zich ook bendevorming voor zoals de laatste twee jaar van zijn termijn. Snorden ze op hun bromfietsen door het park van de school, reden rondjes over de speelplaats en het basketbalterrein. Alle leerlingen stormden dan naar de ramen. O, meneer, kijk eens wat daar gebeurt! Die komen hier zomaar racen in onze school, mag dat meneer? Vooruit, alleman terug naar zijn plaats! Moet u niet ingrijpen, meneer? Dit mag toch niet? Wij gaan verder met onze les... Meneer, dat zijn weer die van Sint Bernard. Ja meneer, hij heeft gelijk, ik ken er twee van, roept er één instemmend. De directeur zou hier enkele politiemannen de wacht moeten laten houden, met waterkanonnen, of de conciërge zou op ze kunnen schieten met zijn longrifle, zoals vorige week op de stropers die hier ganzen en eenden kwamen slachten bij onze vijver! Zij hebben lol, hij laat ze even uitrazen. OK, nu is 't welletjes geweest, we mogen weleens lachen, maar het moet niet blijven duren. Eén zet door: Dat is toch niet om te lachen, meneer! Goed, maar wij gaan verder.

Na de schooluren was de secretaris een paar keer een kijkje komen nemen. Controleronde gemaakt met zijn hond, door de gangen en lokalen. Zoals elk jaar was de hele video- en geluidsinstallatie gestolen. Gekocht met de moeizaam verdiende opbrengst van de fancy-fair, de taartenslag, de tombolalootjes. Nu stond er weer een gloednieuwe, vandaar de bewakingsronde van de secretaris. Noodgedwongen heeft hij, zoals in andere scholen, op bevel van de directeur en met pijn in het hart, diepe inkervingen en krassen gemaakt op de toestellen en ze met oranje verf bespoten zodat ze geen buit meer vormen.

Toen een bende zich voor zijn huis tergend met jagende motoren had opgesteld, was hij naar buiten gekomen en had enkele rustige opmerkingen gemaakt, dan geroepen, maar ze gingen verloren in het snerpend lawaai. De volgende dag was zijn brievenbus in het voortuintje rood en blauw gespoten. Henk, jongen, jij bent een gelukzak, jij bent nog net op tijd kunnen opstappen. Het is niet leuk meer in het onderwijs tegenwoordig. Het wordt erger met de dag. Hoe vaak heeft hij dat al niet gehoord.

Dàt had Henk zich voorgenomen toen hij besloot naar de kweekschool over te stappen, dat *hij* nooit met zich zou laten sollen. Terugkijkend op zijn onderwijsleven, weet hij dat hij dat waar heeft kunnen maken. Op enkele keren na, vooral tegen het einde. Niettemin was hij eigenlijk een minzaam man. Wel altijd op zijn hoede, maar initieel vriendelijk. Vaak kon hij zijn lach zelf niet bedwingen en dat ontwapende nog het meest de klas. Hij lachte mee met hun fratsen, als ze binnen het aanvaardbare bleven. Er waren in elke klas ook wel een paar geestige leerlingen. Meer dan eens rolden de tranen hem uit de ogen. Zelf zagen de leerlingen soms niet helemaal de finesse, of het gekke van hun geestigheden in en bekeken hem verwonderd. Soms verloor hij zijn zelfbeheersing, werd ontzettend woedend, wanneer men van zijn zachtaardige inborst en goede wil gebruik probeerde te maken om hem te tarten of te honen. Dan stond een ander mens in hem op, de wreker. Onbeschoftheid duldde hij niet. Ze schrokken van de woorden waarmee hij stenigde. Het laatste jaar voor zijn vaarwel. Een kerel vertikte het zijn schriften en leerboeken mee te brengen, leende altijd bij anderen die wél met een tas vol zeulden. Leerde nooit lessen, maakte geen taken, lette niet op in de les en leek er alleen te zitten om de hele tijd geamuseerd te lachen en halfluide opmerkingen te maken, net niet luid genoeg dat Henk ze kon verstaan. Wel de leerlingen van wie er dan telkens een paar lachten. Samenzwering. Nu ga jij de klas uit, ga maar wat afkoelen op de gang, tot je rustiger bent geworden, had hij gezegd na een paar waarschuwingen vooraf. Ik blijf zitten waar ik zit, zegt de knaap. Moet ik misschien komen helpen? vraagt Henk terwijl hij zijn hart voelt bonken. Probeer eens, grijnst het joch. Langzaam maar met door de bedwongen woede verstijfde benen gaat Henk naar de deur, doet ze open en maakt een uitnodigend gebaar naar de gang. Spottend zit de leerling daar op de tweede rij, dicht bij de open deur. Kom, jongen, maak het niet moeilijker dan nodig, probeerde Henk voor de laatste maal. De klas hield de adem in. Ineens laaide de woede in hem op. Met twee passen was hij bij de vlegel, greep hem onvermoed snel in de nek en sleurde hem van zijn stoel. Blijf met je vuile poten van mijn lijf!

Henk smeet hem de gang in en gaf hem nog een fikse trap onder zijn kont mee. Toen gooide hij de deur dicht. Hij probeerde zijn wilde hartslag te bedwingen en zei koel: Wij gaan verder met de les. Om twaalf uur ging hij gespannen naar huis en mat er zijn bloeddruk. Honderdtwintig onderdruk. Hij nam een extra half pilletje.

De volgende dag bij de klaswisseling na het eerste lesuur stond de secretaresse hem op te wachten bij de deur van zijn lokaal. Tijdens de recreatie verwachtte de directeur hem. Toen hij er vijfenvijftig minuten later aanbelde wachtte hij tot het woordje 'binnen' oplichtte en betrad vervolgens dit privédomein van de school. Ze schudden elkaar de hand. Henk, je hebt

22

gisteren die Bergman uit 2C aangepakt, letterlijk dan... Ja, en niet zonder reden uiteraard, een crapuultje hoor, en zoals je weet laat ik mij niet overheersen door de leerlingen. Bob, de directeur, knikte instemmend en zei: De moeder is hier van haar neus komen maken. Tot daar toe, dat vang ik wel op, ik kan mijn eigen boontjes ook wel doppen, maar vooraf is ze klacht gaan inleveren bij de Rijkswacht. De officier van dienst heeft mij nadien opgebeld en zei dat hij verplicht was de klacht aan de politierechtbank over te maken. Er was nogal wat overredingskracht nodig om hem daar van te doen afzien. Uiteindelijk was hij daartoe bereid, maar de mogelijkheid zit erin dat hij je laat komen voor jouw versie van de geschiedenis. Hou er een beetje rekening mee. Misschien horen we er niets meer van maar zoals we weten zijn onderwijsmensen niet populair. Bij de leerlingen noch bij de ouders en evenmin bij het grote publiek dat ons alleen benijdt om de vakanties, maar niet om de gespannen werksfeer. Wees blij dat je over een paar jaar met pensioen kan gaan. Henk knikte. Ik zal er niet treurig om zijn. Dit beroep heb ik steeds graag en met overgave uitgeoefend, maar de laatste jaren valt het hoe langer hoe zwaarder. In de leerlingen die hij heeft, herkent hij nog maar weinig van die hun vooraf zijn gegaan, al die jaren. Hij zal zich niet op zijn kop laten zitten, o nee. Het niveau van de schoolbevolking is in enkele jaren, via het samensmelten met een technische school, gedaald tot een schrikwekkend laag peil. Hij krijgt voor het eerst met wezenlijk analfabetisme te maken. Het normale programma kan hij bijlange niet aanhouden. Hij moet terug naar de allereenvoudigste leesteksten en oefeningen en het vertellen moet alsmaar meer tijd krijgen. Voor iets anders zijn ze niet meer te interesseren. Behalve voor video – het magische begrip – op voorwaarde dat de erin behandelde materie zeer algemeen en ontspannend is.

Hij ziet het beroep van dag tot dag ontaarden. Hij vraagt zich af of het echt aan hem ligt, en aan de collega's. De leerlingen vormen een muur van gelijkmoedigheid, zelfgenoegzaamheid. Hun vooruitzichten zijn niet bemoedigend. Inderdaad. Hun zelfopdracht lijkt te zijn: be cool, laat maar waaien, mij kan niets deren. Niets kan mij schelen.

Hij voert zo kalm en waardig, zo minzaam en humoristisch mogelijk zijn strijd. Het valt hem zwaar als hij voelt hoe de bevelhebber niet meer door zijn troepen wordt gevolgd. Hij merkt dat ze geen barst om zijn leven of welzijn geven, noch om de overlevingstechnieken die hij hun bijbrengt. Zijn fysieke conditie neemt zienderogen af. De spanningen om alles in de hand te houden, de verstandhouding te bewaren, takelen hem af. Ze zijn anders, de kinderen en hun ouders. En de nieuwe leerkrachten ook. Overleven is hun al voldoende. Er niet aan kapotgaan, niet kapotgemaakt worden. En financieel overleven. Er is niet veel ruimte meer voor de hoge idealen. Op een dag klapt Henk in elkaar. Hij staat thuis, na een lange en vermoeiende middag ineens met de vuisten op de muren te bonken. Ik kan niet meer, ik ben op. Hij zakt ineen op de grond, alsof alle krachten hem ontvlieden. Hij voelt zich doodgaan. Hij wordt ijler en ijler, hij zakt weg in een andere wereld. Uren is hij als bewusteloos. Wanneer zijn ogen stilaan opnieuw beginnen te reageren op de omgeving en hij probeert te denken, weet hij niets meer. Hij vraagt waar hij is, wat er gebeurd is. Waar Inge is. Hij vraagt Inge waar zij is. Ik? Hier, bij jou, ik houd toch je hand vast jongen, wat is er toch met je? Hij herinnert zich niets meer Het is alsof hij in een andere wereld heeft verbleven. Eindeloze rijen mensen heeft hij er als zombies zien stappen, allemaal in dezelfde richting, zwijgend, zonder expressie. Daar heeft hij angst gekregen en is teruggekeerd. Hij is uitgetreden. Hij heeft nu al 40 polsslag, daarstraks 35. En de huisarts die zo lang wegbleef. Maar wanneer hij er is, blijft hij een uur naast hem zitten. Hij beveelt volstrekte rust, bezweert hem alle stresstoestanden uit de weg te gaan. Desnoods niet bang zijn om te vluchten. Hij verwijst hem door naar een zenuwarts. Een half jaar later treedt hij vervroegd uit zijn vak. Hij is ontmoedigd en voelt zich uitgewrongen als een vod, kapotgedweild. Voor het eerst in al die jaren. En dus schuldig. Hij wrijft het zich als een oneer aan dat hij de eindstreep niet haalde. Hij heeft moeten opgeven.

De depressie blijft maar broeien. Ga wandelen, man, blijf toch niet zomaar thuiszitten, zitten verdrogen. Bob belt hem een paar keer op. Kom eens af. Nou, liever niet naar school. En hoe gaat het nu op school? Je vervangster kan ze niet aan. Jij had ze nog in handen maar bij haar gaan ze de klas uit in de les, of komen binnen wanneer ze maar willen. Vorige week sprong er zo'n breakdancer in haar les voor een weddenschap uit het raam op de eerste verdieping. De kerel is van rubber. En het is niet de eerste keer dat hij een stunt ten beste geeft. Onlangs in de turnzaal, van vijf meter hoog van de publiekstribune. Waarom die architect daar een tribune wou... ook zoiets, zogezegd omdat de turnzaal olympische afmetingen heeft en dus in aanmerking kan komen voor belangrijke sportevenementen. Maar er is geen balustrade voorzien. Het wachten is nog alleen tot er een naar beneden dondert, al dan niet eraf geduwd.

3

Door zijn hoofd speelt het gedicht van Cees Buddingh', Just one of these days. Hij voelt een grote affiniteit met de laatste twee strofen: Hij neemt het leven weer serieus vanmorgen/die ouwe minuscule Dinky Toy./Verdomd: 't is net alsof hij zit te denken!/Orkanen van homerisch hoongelach/bulderen door mijn hoofd. Ik strijk mijn haar glad./Half elf. Zou 'k al een whisky in kunnen schenken? Mijmerend zit hij in zijn tuintje. Alleen hij geniet het voorrecht hier vorstelijk in zijn kleine rijk te kunnen toeven. In het zonnetje. Hij is zijn eigen individuele zonnekoning. Zonder koninklijk hoofddeksel, geen wagenwiel als Hendrik de Achtste van Engeland, geen puntmuts of zelfs maar zonneklep. Ooit hechtte hij bijzonder belang aan hoofddeksels. Een van de zonderlinge obsessies die een mens een leven lang, of, zoals in zijn geval, een deel er van, begeleiden. De Engelse petjes in zijn kinderjaren, zoals nu alleen nog de jongste boy-scouts dragen. Een prestigieus overblijfsel van dure en andere Britse scholen. De meeste van zijn klasgenootjes in de lagere school droegen grote werkmanspetten die als een taart schuin op het hoofd stonden geplant. Schuin stond speciaal en stoer. Dan waren er weer knapen die hun pet naar achteren droegen, de klep dus half in de lucht. Boers was dat, plomp. De klep naar voren, over de ogen, dat was de dracht die vervolgens opdook. In zijn atheneumtijd was de studentenpet in de mode. Die was van zwart of donkerblauw fluweel en om de hoofdband zat een lint met de kleuren van de stad waar je school gelegen was. Daar prikte je één koperen ster op als symbool voor elk voltooid schooljaar. Drie sterren wou dus zeggen dat je halverwege was. Er waren altijd lefgozers die er een ster meer op hadden prijken dan eigenlijk mocht. Dat maakte indruk op die van andere scholen en vooral op de meisjes.

Na de oorlog verdwenen de studentenpetten als bij toverslag. De meesten droegen gewoon geen hoofddeksel meer, dat was moderner en sportiever. Sommigen tooiden zich met de begeerde fatigue cap van de Amerikaanse soldaten. Dat was iets nieuws, de voorloper van het nationale Amerikaanse hoofddeksel van nu, de geëvolueerde baseball cap. Toen hij beginnend onderwijzer was, had hij een heel ongewone hoed gekocht. Een soort platte, breedgerande cowboyhoed, zoals je 'r in tekenverhalen ziet. De hoed was donkergroen. Toen al had hij het belang van de persoonlijke esthetiek onderkend. Hij wist dat kleren de mens wél maken. Toen ook begon hij zijn vlinderdasje te dragen. Hij vond het gedurfder, minder vormelijk, frivoler en artistieker dan een gewone das. Van zijn strikje werd zijn bijnaam afgeleid. De Strik. Nu geeft hij niet meer om het intrigerend ritueel van zich kleden, versieren, uitdossen, dit pokerspel met de eigen individualiteit, dit accentueren van de persoonlijkheid, dit afschermen en vermommen. Dagen, weken loopt hij nu rond in dezelfde comfortabele broek en trui. En hij heeft opnieuw een duffelcoat. Die droeg hij toen hij beginnend onderwijzer was ook. De donkergroene vlakgerande hoed hoort bij dat begin. Hij droeg hem alleen bij regenweer en 's winters. Hij had toen ook een donkere, ruwharige jas met brede ceintuur van dezelfde stof. Je liep altijd elegant, zei Inge. Toen je voor 't eerst bij ons op school verscheen, gaapten de onderwijzeressen je aan. Jij merkte het niet. Wij noemden je de elegante nieuwe. Rosette dacht dat je misschien wel verkeerd was. Je kwam net uit een doosje, voor ons kwam je modieus over. Je hield je in het begin alleen op in het gezelschap van je mannelijke collega's. Mens, wat waren dat een boerenkinkels toen. Maar het was dan ook eigenlijk een plattelandsschool. Hij denkt: ik liep toen met veerkrachtige tred. Ook nu nog. Een beetje. Of helemaal niet meer? Ik sjok wellicht meer dan ik vermoed. Het stappen is een opgave: het begeven naar. Bijvoorbeeld de kortste afstand tussen twee punten afleggen. Een wandelaar stapt van A naar Z (21 km). Hij vertrekt om 9u 21 en stapt de eerste drie uren flink door met een snelheid van zes kilometer per uur. Om kwart voor twaalf...

Later werd alles steeds ingewikkelder in het schoolleven van kind en meester. Citaat van zichzelf uit zijn vroegere lessen: dat jullie allerlei moeilijke algebrastellingen uit het hoofd kennen en kunnen toepassen, chemische formules en genealogieën van historische vorstenhuizen kunnen onthouden, maar niet kunnen beredeneren wanneer je -t of -d of -dt moet schrijven, dat gaat er bij mij niet in.

De stem van de meester, stemmen van leerlingen. Geluiden. Houtskool op ruw, goedkoop lichtgroen papier. De krijtpin waar een stukje steen in zat, dus kraste. Het stukje krijt dat piept als je het in een bepaalde stand houdt. Soms, als de leerlingen dan hun handen tegen de oren drukten of riepen: Ooo! meester! *hield* hij het stuk krijt opzettelijk zo en ging er nog enkele regels mee door. Klinkt toch leuk? zei hij dan vragend en deed of hij de jammerklachten niet begreep. Meester, dit is voor u. De boerenknaap diept uit zijn broekzak een vieze zakdoek op te zamen met enkele dropjes. Henk krijgt er twee. Dankuwel jongen. Ik zal ze straks opeten. Hij bergt ze weg in zijn lade met afgepakte messen, speelkaarten, spijkers, gereedschap, ijzerdraad, brandglazen, soldaatjes.

Deze klas van de lagere school, zijn eerste tijdelijke betrekking is hem scherp bijgebleven. Hij had een dubbele klas, een graadklas, derde en vierde leerjaar samen. Vijftig jongens in één groot, oud en schimmelig lokaal met hoge ramen waarvan de onderste helft van wit was gemaakt. Met drie op een bank aan een lessenaar, in dichte rijen opeengepakt. Boerenkinderen. Tucht was geen probleem, ze waren niet zo vrijpostig en agressief als de steedse jeugd, wel achterbakser. Tijdens de proefwerken zat hij daar met zijn stoel boven op zijn lessenaar om goed te kunnen zien of iemand spiekte. Dat was nog een spannend gebeuren, zo'n proefwerk. Nadat de borden werden opengezwaaid en de sierlijk geschreven vragen aan de bange blikken werden onthuld, mocht geen woord meer worden gezegd, geen vraag meer worden gesteld. Altijd was er wel minstens één die ondanks het verbod de vinger opstak en al meteen vroeg: Meneer, moeten wij bij vraag twee, de drie delen noemen of... Sssstt! Geen vragen stellen want zo verraad je soms al half het antwoord. Instemmende verontwaardiging van een snuggere knaap: Ja meneer, hij heeft eigenlijk al het antwoord op vraag twee verraden! Henk maakt er korte metten mee: Alles is duidelijk gesteld en gaat over de leerstof die in de loop van het jaar werd behandeld. Van achter hun grote kaften die ze als kieshokjes hebben opgesteld op hun bank, gaan ze verdoken aan de slag. Het is nu: ieder voor zich. Toen hij enkele jaren later als leraar aan een middelbare school werd aangesteld droeg hij allang geen hoed meer. Die had nog eenmaal gediend. Voor een carnavalfuif, vervormd en besmeurd. Zijn rijkelijke haar, lang voor de jaren vijftig, liet hij nonchalant meeleven met wind en regen. Toen was hij nog jong. Hoe jong besefte hij toen niet. Te zeer in beslag genomen door de roeping.

4

Zonder kloppen komt het schoolhoofd lokaal vier binnen. Jongens, recht! De klas veert op in de banken. Ik kwam eens een kijkje nemen, zegt de directeur en vraagt gedempt en koel de schriftelijke voorbereiding van de les aan de leraar.

De directeur gaat achter in de klas zitten, op de laatste bank. Eerst kijkt hij streng naar een paar knapen en verdiept zich dan meteen in de lesvoorbereiding terwijl hij zijn dikke rode potlood al te voorschijn heeft gehaald en driftig hanteert. Terwijl Henk met gedecideerde stem nu artificieel gemoedelijk les geeft, ziet hij hoe doorhalingen en bemerkingen op zijn voorbereidingen op kwartoformaat worden gezet. De knapen achteraan volgen aandachtig de intieme handelingen van de directeur. Even opkijkend zegt die: Werk jij maar even grondig als mijnheer de directeur! Dan tot Henk: Kom straks even naar mijn bureau, u heeft vandaag toch geen toezicht.

Als een lichte windvlaag waaide de herinneringsflits door zijn hersenen. Hoe lang is het al geleden, of hoe kort. Nooit zullen de momenten van kleinering en vernedering vervagen, hoeveel belangrijker al het positieve en het aardige ook was. Hij stapt fiks door. Dit is immers de enige lichaamsoefening die hij nog doet. Een snelwandeling waarbij hij zich hoekig en, naar het lijkt nerveus, voortbeweegt, de blik star vooruit, de kin ook, de mond half open. Diep en schokkend ademen op het ritme van zijn pas. Hij beseft klaar dat zijn tred niet meer zo soepel is als vroeger. En ook niet als tot voor kort. Hij is op weg naar zijn school en kiest bewust niet de kortste. Hij neemt de winkelstraat, die hem zoals zovele anderen het gevoel schenkt nog goed bij het bruisende leven te horen. Van nog niet te zijn uitgerangeerd en afgeschreven. Er heerst een normale drukte. De toekomst van het land zit nog even in de daartoe min of meer aangepaste gebouwen. Terloops kijkt hij zijn krant in. Het stappend lezen heeft hij niet meer gedaan sinds zijn jeugd. Toen was dat gewoon. Mensen lazen al gaande in een krant, een boek. Dit is nu onmogelijk vanwege de soortgenoten, die nu veel talrijker zijn en zich ook veel sneller voortbewegen. Vanwege de stronten ook waarmee heden de straten geplaveid zijn. En vanwege plotseling, verraderlijk en stil naast je voorbijschietende trams, auto's, fietsers, bussen. Als kind was hij, een beeldverhaal lezend en achter zijn ouders aanlopend, eens met zijn voor-hoofd tegen een gaslantaarnpaal opgebotst. Wàs het wel een kindertijdschrift geweest? De meest dagelijk-se dingen worden met de toenemende leeftijd onze-kerder afgebakend. Een Robbedoes of een Bravo. De vreugde wanneer hij elke week op de dag dat het nieu-we nummer in het krantenwinkeltje lag, het blad ging kopen was iets unieks. Een plechtig moment. Mis-schien beleeft hij later nooit meer eenzelfde feestelijk gevoel. Al de helden die hem zo vertrouwd waren als vrienden. Vrienden naar wie hij opkeek. Toch beleef-de hij diezelfde geladenheid later opnieuw toen hij de dagelijkse Jane-strip leerde kennen in het laatste jaar van de oorlog. Volwassen mannen met de ergste, de schokkendste gevechtservaring werden opgewonden door de onfortuinlijke welgevormde vrouwelijke mili-tair die vaker in ondergoed dan in uniform gekke avonturen beleefde. Wat waren we toen snel van de kook. Of juist áán de kook. Pubers en venten, geil van een burlesk tekenverhaal. Hij ruikt de zeldzame geur van een op Beaver Oil lopende motor van een duur type. Bij de eerste lingeriewinkels blijft hij aandachtig staan kijken. De fascinatie van ondergoed. Ook vroeger, toen er nog geen rood, paars of bordeaux bestond. Tijd van grote flanellen onderbroeken die tot boven de navel reikten en harde bh's als van karton, met ijzer gewapend als beton. Toch brachten ook die een boodschap van verboden en verborgen dingen, van adembenemende betovering.

Een jongen van dertien jaar zit verdiept in zijn thema-oefening in de klas. Er voltrekt zich iets buiten zijn wil. Zonder enige aanleiding krijgt hij een zaadlozing. Hij voelt het komen en probeert het gênante gebeuren tegen te houden, te verhinderen maar het voltrekt zich. Hij hoopt dat het sperma niet door zijn dikke onderbroek heen zijn broek zal tekenen. Hij kijkt onder zijn lessenaar. Op zijn donkergrijze broek verschijnt een nog donkerder natte vlek die hij met zijn zakdoek probeert droog te wrijven. De leraar ziet dat hij niet oplet. Kom jij nu eens voor 't bord. De jongen stottert: Ik kan niet, meneer... De leraar zegt niets, schijnt te vermoeden dat er een gegronde reden achter dit onzekere antwoord schuilgaat. Hij knikt. De leerling vraagt of hij de klas mag verlaten. Weer knikt hij. In de wc boent de jongen met zijn zakdoek het sperma zo hard hij kan uit zijn onderbroek en zijn korte broek. Hij is in de war door dit onvrijwillige, zinloze gebeuren. Een peer hem gestoofd door moeder natuur. Wat deze hem zijn hele leven lang nog zal leveren kan hij nu nog niet vermoeden. Na de kinder-

34

jaren wordt hij zich bewust van de ene schrijnende tekortkoming na de andere. De spermaplas die hem tegen zijn wil in bijna dagelijks teistert, de scherpe okselgeur die hij begint af te scheiden, tandaanslag, vettig haar. Op de stuurloze onzekerheid van de puberteit volgt de emotionele overgevoeligheid van de adolescentie. Hij leert de droefenis kennen, het besef van het gemis en van zijn vermeende lelijkheid. Het smartelijk verlangen naar de moordende eenzaamheid. De drang naar vriendschap en begrip. De hunkering naar liefde. Het stilzwijgend smeken om tederheid. Om een begrijpend iemand. Zijn grootvader, die zijn verdwenen vader verving, is op zijn beurt verdwenen. Als in het niets opgelost. Hij begint zich rekenschap te geven van zijn verstandelijke beperktheid. Hij oefent als een heremiet zijn wil, legt zich kuise versterving op: het gebod dat overal weerklinkt, als een bestendige galm in de lucht hangt boven zijn land. Niets helpt. In zijn hersens begint alles hopeloos te tollen. Er lijkt een soort voortdurende kernsplitsing plaats te grijpen. Explosies van een mistig chemisch proces en tegelijk een kristalheldere openbaring van inzicht. De hongerige drang om dit alles te peilen. Het al peilen. De metafysische behoefte die maakt dat een mens mens is. Het eerste denken is ontloken. Schraal giert het door het barre maanlandschap van het leven dat voor hem ligt. Slechts enkele coördinaten zijn hem meegegeven: de pijnen en de dood. Maar daartussen ligt de veelheid van angstaanjagende klippen en toverachtige bergen, kleurige valleien, schitterende wateren en hallucinante woestijnen, moordende vulkanen, kokende bronnen. Massale explosies doen dan hier, dan ver weg gebieden schudden en daveren. De vernieling is een kerngegeven. Geen denken is hier tegen opgewassen. Evenmin het ultrasonische aanvoelen. Hij is gedoemd dit inferno waar te nemen, te registreren, er zijn bedenkingen bij te maken en zijn onvermijdelijke gevolgtrekkingen. Tegen de tijd dat hij zover is, is het zachte zand in de zandloper al halfweg. Na de kinderziekten komen die van de volwassene en van de verouderende mens. Verrassingsaanvallen, evenzoveel pogingen om het kwetsbare broze leven abrupt of slinks te beëindigen. Aanslagen. Aan de ingebouwde vernietiging zal ooit niet langer te ontkomen vallen.

De school lag nu vlakbij, gespreid in een oase van groen. De witte en lichtgrijze paviljoenen en het hoofdgebouw vertoonden geen teken van leven. Daar binnen speelden zich dagelijks allerlei taferelen af. Een ononderbroken strijd onder mensen van verschillende kunne en leeftijd. Van één tegen velen, of van één tegen één. Een lucht te snijden, zo dik, stijf van aanwezigheid, lijflijke en geestelijke. Geur, stank, bestreden met half open ramen en parfum. Luchtjes. Het lichten van billen en reten. Haar. Zwarte knokkels, nagelranden, onfrisse adem. Sinaasappelschillen. Kastanjeschillen in de bakken, de opbergvakken. Kauwgom. Oude wandplaten. Krijtstof. De kenmerkende geur van houten kasten als die opengaan. Van stapels handboeken. De metaalachtige geur van de doorgeschoten geraniums op de vensterbanken.

Van de wandeling had hij het warm gekregen. Zijn dunne zomerjasje droeg hij over één schouder. Zijn hemd stond open. Hij knoopte het één knoopje meer dicht toen hij de lage open hekkepoort openduwde. Het vroegere domein van de lokale edelman lag er paradijslijk bij, rijkelijk geïllustreerd met plastic en kartonnen doosjes van fruitsap en chocolademelk, blikjes van soft drinks, rietjes, wikkeltjes van snoep. Symbolische drek van mensenwezens. Hij tuurt naar de ramen van de nu verlaten klassen. De drie matwit geworden thermopane ruiten van de eerste verdieping zijn nog altijd niet vervangen. Bob ziet hem aankomen en komt hem tegemoet. Heb je een kwartiertje? Er is net een controleur van de Dienst Schoolgebouwen om de staat van verval te komen vaststellen. Nog eens. Elk jaar opnieuw, maar voor de noodzakelijke herstellingen is er geen geld. We drinken een glas, we doen een plas en alles blijft zoals het was. Ik kuier wel even rond, zegt Henk. Hij wandelt naar de leraarskamer. De dienstmededelingen, het rooster van de toezichtbeurten, de ansichtkaartjes van een drietal exleerlingen, een huwelijksaankondiging en een overlijdensbericht, net als vroeger op het prikbord uitgehangen. Aan de muur de kalender waarop collega Karel al de vakanties, vrije dagen en weekends gewoontegetrouw groen heeft gemaakt, ter aanmoediging om het vol te houden. Verder nog het anti-rookaffiche dat hij er zelf drie jaar geleden heeft opgehangen. De asbakken zijn echter nog boordevol. Ook op het prikbord: Wie gaat er mee squashen? Waar? In de gemeentelijke sporthal. Wanneer? Elke woensdagavond van 19 tot 20 u. Naam opgeven aan John Verbiest. Daarnaast nog een mededeling: Op zaterdag 21 (eenentwintig) maart organiseert de personeelskring een wandeltocht in het Natuurreservaat Het Zwin, onder leiding van de collega biologie. Stevig schoeisel of bij voorkeur laarzen. Lunchpakket. Individueel vervoer of per schoolbus. Doe mee, sla de beentjes eens uit, luiwammesen! Na de tocht: pintelieren in Oostende en Gent.

Aan de kapstok hangt nog een door iemand vergeten regenjas. Hij glimlacht bij de herinnering aan de boekentas van een oudere collega, vroeger. Elke avond liet hij hem in de leraarskamer staan. Hij bleek hem nooit nodig te hebben. Hij kwam hem wel pro forma ophalen en terugzetten. Zou hij die dan nooit openmaken? Op een dag maakte de secretaris hem leeg, borg de handboeken, lesvoorbereidingen en agenda in een kast en stak vijf bakstenen in de tas. Dagelijks werd er om gegniffeld, er aan herinnerd. Pas twee weken later ontdekte de eigenaar de verwisseling van inhoud. Daar lachten ze al jaren om, de anderen. Een evergreen.

Henk wandelt door de gangen en werpt een blik in de lokalen: fysica, tekenen, muziek, het taallabo, de naaiklas, de bibliotheek. Zijn trage stappen klinken hol op de betegelde trappen naar de eerste verdieping. Hij duwt de deur van lokaal 20 open en gaat er naar binnen. Hier had hij schooljaar na schooljaar lesgegeven met wisselend succes en wisselende leerlingen. Er hangt een bevreemdende stilte en de typische klasgeur. Het kraantje lekt nog steeds. Er is niets veranderd. Hij laat de blik gaan over de vier rijen bekraste en beschreven tafels en stoelen die in het wilde weg zijn achtergelaten bij het laatste belsein van vandaag. Hij opent de twee ramen. Dat had hij zijn hele carrière gedaan, bij het binnenkomen meteen een raam openzetten, of meer. Hij kon er niet bij dat sommige collega's in een potdicht lokaal lesgaven. Als de deur dan bij het belsein voor de wisseling van de lessen werd opengeworpen, kwam er een soort stinkende

stoom naar buiten, een mengsel van zweet, het leder
van boekentassen en de dampige adem van zoveel
leerlingen, waardoor de ruiten beslagen waren. Soms
daarbij nog de rook van het al vóór het belsein aange-
stoken sigaartje of sigaretje van de leerkracht. Soms
een zacht, of eerder goedkoop parfumluchtje van één
van de leraressen of een paar meisjes. De ruiten zijn
nog altijd even vuil aan de buitenkant. Achter in de
klas blijft hij staan. Er ligt een papieren vliegertje. Tegen het plafond kleven op verschillende plaatsen
proppen kauwgom. Wie zou hier het vaakst of het
laatst les gehad hebben? Hij kijkt van achter in de klas
naar voren, zoals hij daar vroeger vaak stond, toekij-
kend hoe zij werkten, zonder zelf gezien te worden.
Het was geen gemakkelijke school geweest. Nu heeft
hij de neiging de leerlingen allemaal als lieve, gekke,
sympathieke, goeie kinderen te beschouwen. Behalve
dan het crapuul dat er altijd wel onder zat. Maar hij
kan er zich nauwelijks van die soort herinneren. Hij
herinnert zich meisjes die voor hem een veldbloempje
hadden geplukt, hem een kraaltje gaven of om een tekening in hun poëzie-album vroegen waarin al wel de
klassieke eerste bladzijde stond: Bloempjes verwel-
ken, scheepjes vergaan, maar... Of het eerste Engelse
versje dat ze leerden: Roses are red, violets are blue,
pinks are sweet and so are *you*. Dan wezen ze naar
hem of naar een klasgenootje. En de jongens die een
portret of een karikatuur van hem hadden getekend.
Ooit had hij een autootje gekregen van hetzelfde model en kleur als zijn eigen wagen. Om op zijn kast te
zetten in zijn werkkamer. In het begin van zijn loopbaan had hij nog meegemaakt dat de leerlingen geld
inzamelden voor een kerst- of verjaardagscadeau.

Een vierkleurenvulpotlood. Net zoals dat in *zijn* jeugd de gewoonte was. En de wenskaartjes. Hij had een recordhoudster op dat gebied. Het meisje had bij Inge in de kleuterafdeling gezeten en was er als verliefd op haar geworden. Vloog haar alle dagen bij het binnenkomen om de hals. Elk jaar stuurde ze een wenskaart voor Nieuwjaar, ook toen ze al op de lagere school was, in de andere paviljoenen. En later, toen zij één jaar bij hem had gezeten, aan hen beiden gericht. Nu zat ze ergens in het voortgezet onderwijs. Zonder toekomst ook?

Hij schrikt op uit zijn gemijmer door een doffe klap. Een bosduif vloog tegen één van de gesloten ramen aan waar de witte wolken in weerspiegeld waren. Hij zag er een dubbele symboliek in die sloeg op zowel de leerkracht als de leerlingen. Hier vliegt men zijn vleugels te pletter als men niet uitkijkt.

Terwijl hij nog een laatste blik door zijn lokaal liet dwalen ging hij langzaam naar buiten.

5

Strikvragen stellen, dat was ook zo'n gecultiveerde onhebbelijkheid van de Strik. Een intellectueel spelletje waarmee hij de snuggerheid en vindingrijkheid van de leerlingen prikkelde en testte. Hij wist dat het totaal onpedagogisch was. Strikvragen zaaien verwarring, ze zijn een overblijfsel van een ander tijdperk.

Hij vroeg zich af of Bob het gedicht van Anja Bonte had klaargelegd voor hem. Het meisje zou inmiddels al drie jaar ouder zijn. Was ze nog op school? Nee, ze volgt een verpleegstersopleiding, zei Bob. Zij had het gedicht spontaan voor haar leraar gemaakt ter gelegenheid van het afscheidsfeestje op school, georganiseerd door Bob en de collega's. Verrast had hij opgekeken toen het kind hem stond op te wachten in de refter, waar de koude schotel zou worden genuttigd, na het aperitief. Hijzelf had voor de wijn gezorgd. Ze had gevraagd of ze het gedicht mocht komen voordragen vóór de toespraak van de directeur. Dit was wel ongewoon, maar om Henk te plezieren mocht het dus. Op een groot blad tekenpapier had ze het sierlijk geschreven en het met getekende bloemenslingers errond versierd. Ze had het als een oorkonde voorgelezen, zo half opgekruld tussen haar smalle meisjeshanden. Nadien rolde ze het weer op en met een fraai gestrikt gouden lintje er omheen overhandigde ze het plechtig aan hem, en zoende hem op de beide wangen. Bedankt hoor, Anja, dit is een erg mooi gedicht, ik zal het zeker als blijvend aandenken bewaren. Toen ging het kind weg. En in je zattigheid ben je 't op school vergeten, verweet Inge hem de dag nadien. Bob echter had het opgepikt en in een kast opgeborgen. Gelukkig. Maar hij vergat het steeds te geven. Dit keer zou hij er aan denken.

Heb je de nieuwe werkvrouw al gezien? Nee, zegt Henk, hoe zou ik? Ze zal hier wel in de buurt bezig zijn, zegt Bob. Ze doet aan bodybuilding. Een beetje vicieus zo'n kattig abnormaal gespierd lijf. Er gaat iets pervers van uit. Henk grijnst: dat herken jij er alleen in, natuurlijk. En die jonge moeders van tegenwoordig zo midden in de dertig... Henk, jij bent te vróeg geboren! Hou op met je leedvermaak, je hebt een slecht karakter, dat heb ik je al eens gezegd. Bob grinnikt en staat op. Anderzijds komen ze tegenwoordig nogal vlug zeuren. Voor het minste staan ze in je bureau. Hun kindertjes zijn toch allemaal zulke onschuldige dotjes. Laatst kwam er weer zo'n bezorgde kloek reclameren in verband met haar lieveling. Daar heb ik nu wat op gevonden. Ik stap naar mijn kast, haal er een pak watten uit en doe het haar cadeau. Hier, zeg ik, alstublieft, schik het goed onder zijn rug en zijn kontje, dat hij er behaaglijk bijligt. Leg hem vooral goed zacht in de watten, en troetelen maar! Er zijn er die woedend weggaan, maar soms is het de hoogste tijd dat hun ogen open gaan. Of niet soms.

Dat is een mooie stunt, die zou men moeten veralgemenen, lacht Henk, maar nee, dan gaat het effect ervan verloren. Ik ga eerst een paar biertjes halen en glazen. Bob laat hem even alleen. In gedachten gaat Henk na wanneer hij hier het laatst was. Op de Open Deurdag in mei. Alweer een half jaar is er sindsdien voorbijgegaan. Ze woonden de openluchtspelen bij, bezochten plichtsgetrouw de rommelmarkt, kochten gul hamburgers en broodjes, en nuttigden een gratis aangeboden hapje, klaargemaakt door de lerares Voeding en haar leerlingen. Daarna kwam de apotheose, de play-backshow. Samen stonden ze achter in de zaal. Dát is dus het van het vandaag de dag, schampte Bob. Een nieuwe beschavingskwaal. Zelf iets voordragen, komen vertellen, is er niet meer bij. Wel daar staan happen als stomme vissen. Zo'n vent als die daar met zijn lawaai-installatie trekt ermee van de ene school naar de andere. Elk weekeinde is er ergens wel een play-backshow...

Toen ontstond er een schermutseling in een groepje punkers. Te veel bier gedronken zei een collega die er sussend op af ging. Hier valt het nog mee, zei Bob, maar een collega-directeur vraagt voor al zijn schoolfeesten de medewerking van de plaatselijke hondenclub. Die mogen dan met hun afgerichte honden een demonstratie geven en publiciteit maken voor hun vereniging. Mede in ruil voor wat pilsjes blijven ze tot het einde van de avond met hun honden in de zaal en maken nu en dan een wandelingetje bij de poort. De vechtersbenden die zich aangetrokken voelen tot de feestelijkheden maken dan rechtsomkeer.

Toen hadden ze plotseling gekrijs gehoord die avond. Ze zagen hoe verscheidene meisjes een vriendinnetje ondersteunden en bezorgd met haar naar de toiletten gingen. Ze hing half ineengekrompen tussen hen in. In het voorbijkomen keken ze veelbetekenend naar twee leraressen die hun daarop achterna gingen. Wat later kwamen ze opnieuw voorbij, ernstig, met tussen hen in het half ineengezakte meisje, spierwit. Haar ogen staarden smekend en hulpeloos naar de directeur en naar hemzelf. Hij kende het kind niet. Even

43

later kwamen de leraressen terug en rapporteerden. Wordt alle dagen door haar stiefvader misbruikt. Wat te doen? Bob gebaarde machteloos: wat moet je doen. Twee jaar geleden heeft mijn vrouw zo'n geval in handen gespeeld van een bevriende magistrate. De leerlinge in kwestie smeekte om ergens in een tehuis te worden opgenomen. De magistrate zorgde dat dit gebeurde. Het onderzoek nam nogal wat tijd in beslag. De vader ontkende alles, de moeder ook. Die had liever dat het met haar dochter gebeurde dan dat haar echtgenoot naar andere vrouwen liep. Maar dat kwam pas later aan het licht. De hele zaak werd afgedaan als puberfantasie. Ze eisten hun dochter terug. Ze krijgen hun zin en een jaar later pleegt het meisje zelfmoord.

Wanneer Bob weer binnenkomt met flesjes en glazen, vraagt Henk of het meisje dat op de Open Deurdag die crisis kreeg, je weet wel, die incestaffaire, nog op school is. Je bedoelt Nicole? Nee, die is naar een andere school gegaan. Er is veel kindermishandeling de laatste tijd, voegt hij er aan toe. Henk staart naar de handelingen van zijn vriend die met flesjes bezig is. Het schokkendste opstel dat ik ooit las, vertelt Henk, was van een jongen van twaalf jaar. De opgave was: een persoonsbeschrijving, en om eens wat anders te krijgen dan werkjes over de bakker of de melkboer was de bijkomende opdracht: Iemand die ik bewonder, iemand van wie ik heel erg houd, of: iemand die ik haat. De eerste zin van het opstel van die knaap zal ik nooit vergeten: De persoon die ik het meest haat is mijn vader. Het kind beschreef hoe de man dagelijks zijn moeder, zijn zusje en hemzelf sloeg en hoe zij vruchteloos zijn slagen probeerden af te weren. Zijn slotzin vergeet ik evenmin: Mijn grootste wens is dat ik snel groot en sterk zal worden, want dan zal ik mijn moeder en mijn zusje kunnen beschermen en wraak nemen voor al de pijn en het verdriet die hij ons heeft gedaan.

Zijn vriend knikt somber. Ik weet ook niet meer waar wij naar toe gaan. Wij maken hier wat mee hoor de laatste jaren. En elders is het nog erger. Laten we over iets anders babbelen, want ik heb tegenwoordig veel slapeloze nachten en nu we elkaar nog eens weer zien wou ik wel eens wat over jou vernemen...

6

Aquarelleren was hij blijven doen. Sinds hem als kind de technische knepen werden aangeleerd door zijn onderwijzer op de lagere school en hij de kunst ervan vaardig toepaste, was de aquarel zijn geliefkoosde uitingsvorm. Het voorjaar vooral werkte inspirerend. Daar kon hij ijl van worden. Hij leek te zweven. Het gaf hem de overtuiging dat hij een beetje verheven leefde. Boven het aardse vlotte. Omwille van deze verrukking schilderde hij. Tot hij in het middelbaar onderwijs een betrekking kreeg. De inspectie schreef voor bij monde van de directie: schriftelijke voorbereiding voor elke les, volledig nazicht van de verplichte schriftelijke neerslag van elke les. Hij sprong in voor een leraar die met pensioen ging per één januari. Die was de oudste van de school en had dus het beste lesrooster. Alle collega's, die hij vanzelfsprekend niet kende, benijdden hem daarom. Maar men kon toch niet midden in het schooljaar het lesrooster veranderen. Drie klassen derde leerjaar had hij toen, handels-afdeling, zodat zijn voorbereidingen van het jaar daarvoor tot niets meer dienden. Het schooljaar erna moest hij lesgeven in de tweede jaren. Nieuwe voorbereidingen. Het jaar nadien in de technische afdeling, waarvoor een totaal ander programma gold met heel andere handboeken. Nieuwe voorbereidingen. Het jaar daarop kreeg hij het voorbereidende of aanpassingsjaar voor zowel de middelbare school als de technische afdeling. Wat weer nieuwe lesvoorbereidingen vergde. Het jaar later moest hij eerste jaar Engels en eerste jaar Duits geven. Het verhaal wordt eentonig,

Multatuli. Het volgende schooljaar Engels in de tweede en derde leerjaren. De directeur vond dat mobiliteit goed was voor een beginnende leerkracht. Meteen vastroesten in één welbepaald vak werkte slechts vroegtijdige routine en gemakzucht in de hand. Honderden schriftelijke lesvoorbereidingen werkte hij uit, grondig, steeds maniakaler. Hij dacht dat er aan zijn werkwijze, zijn kwaliteit wat scheelde. En elk jaar kreeg hij een andere inspecteur op bezoek. Eerst die voor het technisch onderwijs, dan die voor Engels of voor Duits, voor moedertaal of voor handel. Was hij bezig een allround specialist te worden? Een multidisciplinair wonder? Hijzelf zag het onmogelijke hiervan in. Maar niet het systeem. Nadien was er een wisseling van ambtsgebieden voor de inspectie. Om inteelt te voorkomen? Of omwille van persoonlijke belangen en/of politieke invloed? Andere inspecteurs 'kwamen even kennismaken'. Nooit kende Henk rust. Probeerden ze hem om een onbekende reden murw te maken of was het puur tegenslag? Hij liet er zich niet onder krijgen. In geweten wist hij dat hij het goed deed. Beter dan dat zelfs. Als onderwijzer oogstte hij alleen maar lof van directie en inspectie, leerlingen en ouders. Wat was er dan nú aan de hand?

Zijn aquarellen werden wilder. Harder. Van natuurtaferelen evolueerden ze tot bizarre en verontrustende composities. Pure agressie, revolte. In die periode had hij zijn eerste tentoonstelling. Niemand begreep dit werk. Al dat zwart. Iedereen had er een instinctieve afkeer van. Pas veel later, toen zijn directeur met pensioen ging, besefte Henk dat de man hem tot op het randje van een inzinking had gebracht.

Meeuwen fladderen door de laan en duiken naar de visbuit die er geen is. De oude man die het brood liefderijk uitstrooit op het brede trottoir in de laan wordt door sommige buren vervloekt. Hij lokt daardoor alsmaar meer meeuwen. Die komen op de rand van de dakgoten zitten. Het zink van de goten wordt aangevreten door de meeuwepoep. Dure herstellingen in het verschiet. Zwartwerk. Onbetaalbare BTW-lasten, lonen. Bejaarde gelegenheidsdakwerker stort met versleten, aangevreten dakgoot naar beneden. Weg besparing. Soms zou hij zoiets willen tekenen, aquarelleren. Iets als een illustratie wordt het dan van Domenica. De Italianen zijn daar sterk in. Pathetiek. Afgrijzen en hysterie spuiten uit hun weekbladillustraties. Wat een heerlijke negentiende-eeuwse sfeer, uitgezet in onze tijd. Alleen-op-de-wereld-sfeer, de schoorsteenvegertjes van Napels. Nu. Alleen in de illustratiekunst is beweging afgebeeld. De grote K is altijd statisch. De uitzonderingen...

Een zondagmorgen. Een zachte wulpsheid kondigt een zoete lente-dag aan. Hij is achter in de tuin. Tuurt tevreden naar de blauwe hemel. Snelle duiven spoeden zich zoevend ergens heen. Een nieuwe lente, een nieuw geluid. Een hoog knorrend speelvliegtuigje als een lente-insekt. Een stip valt. Met het hoofd in de nek tuurt Henk, de mond open. Voor hij het goed beseft komt de bom loodrecht op hem af. Hij trekt nog snel het hoofd in tussen de schouders als gelijktijdig het scherpe geritsel als van een grote klapwiekende vogel in het gebladerte van een boom vlakbij en het twijgengekraak de doffe bonk begeleiden. Hij weet niet wat er gebeurt, weet het dan wel. Er ligt een gedaante in het bosje naast de tuin van de buren. Hij reikhalst. Gauw loopt hij door de voordeur naar buiten en dan het bosje in. Hoe het mogelijk is begrijpt hij niet, maar er zitten al drie mensen op hun knieën bij de valschermspringer wiens parachute als een mooi rugzakje is bevestigd. De man ligt in een kuil die zijn lichaam zelf heeft gemaakt. Er beweegt nog iets aan de gedaante. Een laatste huivering terwijl de gillende sirene van de hulpdienst nadert. Henk buigt zich voorover en ziet dat de man ineengestuikt is. Zijn dijbenen zitten als krukken naast zijn heupen. De man die zijn hond net uitliet, het jonge meisje met grote hemelsblauwe ogen, die verse broodjes is gaan halen, de middelbare jogger staan in vertraagde film op. Henk maakt met de rechterarm een machteloos gebaar. De jogger gaat op de stoep van de rijweg staan zwaaien naar de blauwe flikkerlichten die al naderen. Het meisje met de zak broodjes staat verwezen en met afgrijzen naar Henk te kijken, alsof hij het ongeval heeft veroorzaakt. Ik stond acht meter naast de plek waar hij neerstortte, denkt hij. Acht meter meer naar rechts en er waren twee doden.

7

De Nul. Het gevreesde cijfer. Er was een tijd in Henks leven dat het nullen regende. De Ballon, bijnaam die hij te danken heeft aan de vorm van zijn hoofd, houdt er een speciale evalueringsmethode op na. Zijn 'les' bestaat erin elke leerling een paragraaf uit de Griekse grammatica hardop te laten lezen. Wanneer het lesuur om is, heeft ieder een beurt gehad en het totaal vormt het uit het hoofd te leren hoofdstuk voor de volgende dag. Het lesuur Grieks begint. De Ballon laat zijn beste leerling achter het leraarsbureau plaatsnemen en gaat zelf naar één van de rijen banken toe. De scholieren houden de adem in en wachten af welke rij de prooi wordt. Alle handboeken en schriften zijn al op bevel opgeborgen. De jongens luisteren naar wat er gezegd wordt als naar het vellen van een vonnis. De Ballon opent zijn persoonlijke grammatica, stelt zich op bij de eerste bank van de uitverkoren rij en zegt: Begin. Hoofdstuk veertien, de voorwaardelijke wijs. De leerling begint als een papepaai de eerste paragraaf op te dreunen. De Ballon volgt in zijn boek. Geen enkel woord mag ontbreken of anders zijn dan er staat gedrukt. De leerling debiteert onberispelijk dit stuk van de les. De Ballon zegt: Negen. De beste van de klas noteert op de namenlijst het toegekende cijfer. Als de ondervraagde ergens hapert, zegt de Ballon het eerstvolgende woord voor. Kan de gelukkige zijn liedje verder uitzingen dan krijgt hij een acht. Wie meer dan één keer stilvalt hoort het ijzige: Nul. Het is alles of niets bij de Ballon. De jongens rekenen uit bij welke paragraaf hij bij hen zal zijn en werpen nog gauw stiekem een blik op die tekst in het handboek dat – levensgevaarlijk – op hun knieën ligt. Zodra de rij die slachtoffer is systematisch is afgewerkt, haalt men vrijer adem. Dan volgt de toepassing van de ingestudeerde theorie via een versio-vertaling eerst, vervolgens een thema. Voor de rest van het lesuur zit de Ballon vastgeroest achter zijn lessenaar. In een heel schooljaar heeft hij één keer drie Griekse woorden op het bord geschreven, zonder van zijn stoel te komen, alleen achteroverleunend. Uitvoerig krabt hij nu de grijsgroene schilfers van zijn wangen en uit zijn baard die onder een vreemde huidziekte lijdt. De baardziekte, zo luidt het. De schilfers veegt hij bij elkaar en blaast ze vervolgens van zijn lessenaar, recht en schuin vooruit, zodat een deel van de neerslag op de eerste banken neerdaalt, waar de leerlingen met een vies gezicht een en ander wegblazen of met vloei van de banken vegen. Dat is nog eens stijl! De atheneumleraren hebben nog dezelfde administratief-hiërarchische en geldelijke status als een rechter. Als rechters stellen ze zich ook aan. Scherprechters. Altijd worden de nullen kwistiger uitgereikt dan positieve cijfers. Wie een zes krijgt is al gelukkig, hij zit boven de fatale rode lijn. Voor het vak in kwestie dan. De Gestapo slingert nullen en andere voetbalscores triomfantelijk de klas in. Soms twee, drie of meer nullen per leerling in één lesuur. Als j'r twee achter je naam hebt, heb je een fiets, drie is een bakfiets, vier een prestigieuze koets, en met nog meer heb je een wangedrochtelijk vehikel. Vergeet het hier maar, verhuis naar een andere school. Talrijk zijn de ontmoedigden die het jaar daarop niet langer Latijn bij hem volgen en maar een trede lager zijn afgedaald, naar de 'moderne'. De Zweetpop heeft een pafferig roze en zweterig gezicht. De Bijl, fysica, krijgt soms woedeaanvallen waarbij hij een leerling of twee naar voren sommeert, ze in een hoek bij het bord dringt en besproeit met een zelf samengestelde nevel, waarna de onverlaten zich behalve onthutst ook onwel voelen.

Nul! Nul! Nul! Hoeveel keer hebt u dit gezegd? Elst! Yes Sir? Elst, u staat ter verantwoording. Hij is verbaasd dat de Grote Oppermeester van alle Tijden en Scholen hem toespreekt. Hij, Elst, is dus nu dood. Hij weet dat hij nu dood is. Antwoord, alstublieft! Snel probeert hij zijn autoritaire periode af te wegen tegen zijn daaropvolgende democratische. Er is zoveel, er is zijn vaderlijkheid, zijn rechterschap, zijn monitorfunctie. Elst? Stilte. Hij staat op en spreekt zijn apologie: ik onderwees kennis en methode volgens eigen of voorgehouden beproefd systeem, legde psychologisch inzicht aan de dag, maar vergiste mij eveneens. Ik wikte en woog, evalueerde strikt en ook breed, ik was helaas soms ongenadig. Te hard misschien. Te zacht evenzeer, te soepel en te onnauwkeurig, geef ik toe. Men kan zich afvragen of betrokkene, ik, zelf wel zoals vereist het goede voorbeeld gaf. Het voorbeeld van correctheid, beleefdheid. Gij riept *boer* tegen sommige van uw leerlingen. Ja, dat heb ik gedaan, tegen onbeschofteriken. En de standvastigheid? Waren uw lessen levendig genoeg? Zaaidet gij niet dikwijls verwarring en twijfel? En de technische beheersing van uw vakken, meneer, door uzelf. En door uw kinderen? Legdet gij wel zelf de kwaliteiten aan de dag die gij van hen verwachttet? Wat van een nul voor onvolkomenheid, een nul voor een klein detail? En wat met uw eigen ondoeltreffendheid? Ik trachtte hoeder en opvoeder te zijn, krijgshoofdman die de kennis voor de strijd doorgeeft, makker voor mijn discipelen, straffer en Salomon, wekker, wakker-maker, aan-'t-lachen-maker, ezeldrijver – de meester is een ezel – had iemand op het bord geschreven, ik had er drijver achter gezet. Gids, raadgever, scout, talent scout. Waarom eigenlijk? Waarom moet deze verantwoording? Zou ik, dat zij zijn die zij zijn en Gij Gij zijt, zou ik niet ik zijn... die ik was, geweest ben, die ik zij? Weze ik de schoolman die ik ware te zijn geweest... Hij kapseisde uit zijn verwarde soezen, leek een enorme val te maken uit zijn tuinstoel. Maar alleen zijn hoofd was opzij weggedraaid en met een slag schuin op zijn borst gezonken, in een duizelingwekkende kanteling. Hij dacht dat hij van zijn stoel viel.

En wij, zei Inge, wij kregen in de kweekschool 'etiquette'. Voornáám was hoe wij later met ons huispersoneel hoorden om te gaan en hoe dat zich tegenover ons moest gedragen. Wij toekomstige kleuterleidsters, werden nog opgevoed als onderwijzeressen, moesten de verplichte witte handschoenen dragen bij het binnenkomen en het verlaten van de school. Op school één hand vrij, de handschoen daarvan in de andere, de gehandschoende hand. De directrice controleerde ze aan de poort op hun witheid. Adel-etiquette voor de toekomstige vuilmeiden, de underdogs van het onderwijs.

Van de Gebouwendienst van het Ministerie zijn er drie heren komen kijken wat er allemaal zou moeten gebeuren inzake onderhouds- en herstellingswerken. De zandbak wordt afgebroken, want voor het regelmatig vernieuwen van het zand is er geen geld meer. De kattebak, want dat is hij voor de katten uit de hele buurt, had al huiduitslag bezorgd aan driekwart van de kleuters. De kinderen visten er de drollen uit op met hun schepjes en emmertjes. De oplossing: zand verversen en een afdeksysteem, desnoods gewoon een dekzeil, kan dus niet. Dus geen zandbak meer voor de peuters en kleuters. Bezuinigingen op de werkings-kosten, nietwaar. Misschien kan men de zandbakken privatiseren of laten sponsoren!

8

Verwonderd luisterde hij naar het kwinkeleren van een vogeltje dat hij hier niet mogelijk achtte. Een leeuwerik. Van ergens in de polder moest het zijn afgedwaald. Hij ontdekte het klimmende zangertje en bleef het volgen. Langzaam werd het stipje zo klein dat hij meende het niet meer te zien. Maar door een zwenking of een paar slagen zijlings werd het weer duidelijk afgetekend tegen de blauwe lucht. Hij stelde zichzelf de vraag of een leeuwerik inderdaad altijd en alleen bij helder weer, bij blauwe lucht ten hemel stijgt. Hij had inderdaad nog nooit een leeuwerik bij regen of bij zwaar bewolkt weer zien opstijgen voor een jubelend optreden. Hij wilde niet toegeven aan de neiging om de verrekijker te halen. Trouwens tegen de tijd dat hij ermee terug was zou het vogeltje al verdwenen zijn. Door zichzelf uit de lucht geplukt. Toen hij het al niet meer kon onderscheiden luisterde hij als een blinde naar dit machtige recital dat van steeds verder weg klonk. Toen begon de val. Van juichend op olympische hoogten weer naar het aardse toe. Zijn ogen prikten van het ingespannen turen. Nog even ontwaarde hij de leeuwerik in de verte net voor hij achter de daken van de huizen verdween en het stil werd. Ergens zat hij nu uitgeput als een oude man. Uitgezongen. Zoals de oude keeshond die aan zijn voeten lag. We werden samen oud en hadden het niet helemaal in de gaten, ouwe.

Hij denkt aan het verhaal dat Inge vertelde. Juffrouw, zei een moeder toen ze haar kindje om vier uur van school kwam halen, juffrouw ik heb iets speciaals meegebracht, een paashaas, maar geen gewone, het is een paashaas van drieëntwintig jaar. Levensgroot van chocola en nog even gaaf als toen ik hem als klein meisje kreeg, in zijn kleurige pakje van zilverpapier. Hij was te mooi om kapot te slaan en op te eten vond ik. En te lief. Jarenlang heeft hij op mijn boekenplankje gestaan. Later in mijn boudoir en dan in Maaike's kinderkamer. Nu doe ik hem aan uw klasje cadeau. Wilt u hem alstublieft heel laten en op een hoge kast buiten het bereik van de kinderhandjes laten staan als schouwstuk? De chocola zal trouwens toch niet meer eetbaar zijn. Eigenlijk is mijn paashaas een museumstukje en ik zou gelukkig zijn als hij hier bij u op school mocht blijven staan, ook als Maaike al van de kleuterschool af is. Een blijvend kindermonument.

De dingen in ons leven die ons begeleiden door de kinderjaren, de jeugd, soms ons hele leven en dat van onze kinderen. Het kompasje. Hij kreeg het van zijn vader die hij nauwelijks had gekend. Die zijn vrouw en zoontje onverwacht had verlaten voor een verre reis, naar een ver land. Definitief, zo bleek na de laatste tekens van leven, waarna geen andere meer volgden. Opgelost in een totale zelf gecreëerde vergetelheid. Geheimzinnig verdwenen. Zijn moeder ontweek alle vragen hierover behendig, begon meteen over geheel andere dingen. Zo bleef slechts een licht schrijnende onzekerheid achter. Op zijn vragen kwamen nooit antwoorden. Behalve één: je vader is niet meer. Hij is overleden. Ver weg ergens in het buitenland. En die reis? Was dat een leugen om bestwil geweest? Altijd had hij gehoopt dat zijn vader ooit weer zou keren. En zeggen: hier ben ik, mijn zoon. De vergeelde foto met het brillantinehaar kende hij uit zijn hoofd. De wilskrachtige trekken en de uitdrukking in de ogen die hem de les schenen te lezen of iets op het hart wilden drukken. En later, veel later toen hij al geen kind meer was, had hij hem gezien. Een voorbijganger op straat, hij! Dezelfde kin en kaken, dezelfde neus en ogen, de fijne wenkbrauwen, hetzelfde haar. Hij wilde de man tot staan brengen. Excuseer... bent u misschien mijn... mijnheer Elst? Maar zijn stem was verstomd, hijzelf versteend. De gehaaste menigte onttrok de onbekende bekende aan de blik. Hij leek opgelost in het niets waar hij misschien even uit was teruggekeerd om er nadien weer in op te gaan, terug naar zijn vertrouwde wereld. Veel later sprak hij soms tot zijn vader, trachtte met diens wereld verbinding te krijgen. Vader? Waarom keert u niet terug naar ons die van u hielden? Al was het maar voor een kort bezoek. Ik zou u kunnen overhalen om te blijven. U overtuigen dat ik uw waardige zoon ben.

En later zag hij *hem* nogeens weer, aan de arm van een flinke frisse vrouw. Ik ben Henk Elst zou hij onverhoeds tegen de man zeggen. En hij deed het. De vreemdeling hield even halt, keek hem onderzoekend aan, bleef eerst gesloten en zei toen: Ik ken u niet. Traag zei hij het en rustig. Zo traag dat het leek of hij hem wilde geruststellen, hem niet verontrusten met een schokkende bekentenis. Maar herkende hij dan niet zijn eigen trekken in het gezicht van de jongen, de jongeman? Hoe graag had deze die paar woorden méér horen uitspreken die hij verwachtte. Omdat hij bijna zeker was dat hij zich niet vergiste. Hij wilde helemaal geen verwijten maken, geen vragen stellen, alleen zijn vreugde, zijn geluk betonen. Zeggen hoe blij hij was dat hij hem eindelijk ontmoette, weerzag in levenden lijve. Hij zou bijvoorbeeld gezegd hebben: het kompasje, vader, weet u het nog? Ik heb het nog steeds. Want hij bezat het nog, het kleine witmetalen zakkompasje, zo groot maar als een kroonkurk. Het naaldje kon hij blokkeren met een minuscuul knipje. Op de fijne windroos stonden de Engelse beginletters van de windstreken. En op de glanzende effen achterzijde waar hij zich in kon spiegelen had zijn vader met een scherp mespuntje in mooie hoekige drukletters gekrast: Henk Elst 1938. Op zijn eerste fietstochten al had hij het meegenomen. Geregeld stopte hij en wijdbeens over zijn frame staand raadpleegde hij het. Het was niet eens nodig maar het gaf hem een plechtige voldoening het fijne kleinood tussen duim en wijsvinger te nemen of op de handpalm te leggen en het kleine naaldje te zien trillen, waarna hij het vastzette opdat het door het schokken tijdens de tocht niet ontregeld zou raken. Op zijn reizen later, ook met Inge, had hij het telkens meegenomen. Onbewust misschien als een kleine talisman.

Een van zijn weinige andere relikwieën was een cowboytje te paard dat een lasso uitwierp, verbluffend levensecht en geraffineerd geboetseerd. Sedert die van zijn kinderjaren had hij er nooit meer zulke fijne echte gezien. Daarom had hij het als enige onbeschadigde van een hele groep in verschillende houdingen, bewaard. Later kwamen er andere talismans in zijn leven. Zoals een Franse minizwemslip avant-la-lettre, in katoen, die hij met een soort gespje aan één heup kon loshaken. Drie van hetzelfde merk en van een voor die tijd gedurfde model had hij er achter elkaar bezeten en versleten. Nadien waren ze niet langer verkrijgbaar. Hij begreep niet waarom. Hoe jammer. Zelfs de duurste en modernste epigonen ervan waren ontgoochelend onpersoonlijk. Die drukten het geslacht plat tot een vormeloze oneffenheid. Hij besloot zijn laatste exemplaar te bewaren als aandenken aan zoveel jaren dat hij toen jonger was en zijn geslacht er hoog en veerkrachtig in opbultte. Net alsof het naakt was. Als bij een beeld van een Griekse god. De penis liggend op, gedragen door de gespannen ballen. In zijn jeugd, wanneer ze gingen zwemmen, wezen zijn makkers er soms plagend naar, omdat zijn pak, zoals ze 't noemden zo krachtig geprononceerd vooruitstak. Hij droeg zijn geslacht zoals sommige vrouwen hun borsten dragen en niet zomaar laten hangen. Verachting had hij voor de kerels die hun lul zo belachelijk schuin of recht omhoog in hun zwembroek fatsoeneerden, drapeerden. Dat waren ook de haarkammers. De snullen met een kammetje in hun zwembroek en de idiote aansteker met bijbehorend pakje rooksel in één hand. Was hij dan ijdel? In ieder geval onzeker. Vooral dat. Och, dat zullen de meesten wel geweest zijn. En de meisjes wierpen wel steelse of brutale blikken op zijn zwemslip maar door de onzekerheid die ze van zijn gezicht aflazen bleef het daarbij. Hoe anders had het kunnen lopen als eentje het initiatief had genomen. Maar in zijn jongelingentijd namen de meiden niet vaak het initiatief. Tot op een dag een oudere vrouw dat wel deed. Die keek en hield haar hoofd schuin alsof ze wikte, en mompelde iets. Wablief? En omdat hij haar opnieuw niet verstond ging hij dichter naar haar toe, aarzelend, al met verstijvende benen als een achterdochtige hond. Ben j'alleen? vroeg ze, geen lief? Nee, zei hij opvallend open. Hij verwarde zich in zichzelf en keek aandachtig naar de bloeiende struik naast haar. In zijn gehoorgangen gonsde het. Breek zo eens een takje af voor mij, ik ruik die bloesems zo graag. Hij spande zich in om even kort en ongedwongen te lachen, wat mislukte. Hij plukte een bloesem en zij pakte zijn hand en rook zo aan het twijgje dat hij nog vasthield en pas dan trok zij het traag van tussen zijn vingers. Merci. Hoe klonk dat nu? Spottend, geheimzinnig, dankbaar, beleefd, veelbelovend? Hij wist het niet. Kun je zwemmen? vroeg ze. Heel goed, zei hij opgelucht. Zullen we eens om het snelst? Om het snelst? spotte ze, om het langst is belangrijker. Dat kunnen we ook, zei hij zonder haar insinuatie te begrijpen. Het liefst zwem ik eigenlijk in de Schelde, bij de *plage*, zei ze. Ga je mee met het motorbootje? Hij keek onbeslist, hij had het geld niet voor de overtocht en dat voor het zwembad was op. Ik betaal het veergeld wel. OK, zei hij daarop manmoedig. Wat stond er hem te wachten? Tegelijk voelde hij een vreemde spanning opwellen. En trots. Een rijpe vrouw was een gesprek met hem begonnen. Daar hadden ze het onder vrienden altijd over, over rijpe vrouwen. Hij keek of er soms makkers waren die hem nu zagen en merkte niet hoe *zij* intussen naar zijn Franse slip keek.

Bij de uitgang wachtte hij op haar met bonkend hart. Zij droeg een losse lichtblauwe rok die volgens de mode tot onder haar knieën reikte en een witte blouse zonder mouwen. Haar gebruinde armen vormden er een hevig contrast mee. Ze wandelden naar de kade niet ver van het openluchtzwembad, waar de veerpont aanlegde die gewoon recht naar de overzijde voer, maar waar ook de andere veerboten lagen die de dagjesmensen naar het recreatiedomein Noordkasteel brachten en anderen naar 'de plage'. Aan dezelfde kade, wat van de aanlegplaats voor de grote veerboten verwijderd, dobberde een vijftal open motorsloepen die ook naar het St.-Annastrand voeren en pas vertrokken als ze eivol waren. Zo zat hij tegen haar aangedrukt in het schommelende bootje. Het water was binnen handbereik en rook fris en naar de zoute zee. De oude schipper met de kenmerkende marinekleurige pet op startte de dieselmotor die begon te daveren, gooide behendig de touwen los en de avontuurlijke tocht begon. Een kwartier duurde hij. De sloep slingerde en deinde op de boeggolven van sleepboten en zeeschepen, aken en werkschuiten die ze kruisten. Brakke druppels spatten nu en dan in het gezicht van de opgetogen passagiers. Vrouwen slaakten kreetjes. Ik heet Melanie had ze voor ze instapten gezegd. Een alledaagser naam bestond er niet, dacht hij. Toen kreeg hij een rare ingeving, hij dacht aan een stripheld en zei: en ik Dick, zo bleef hij anoniem. Dik? lachte zij, je naam is... past goed bij je. Vind je? vroeg hij. Voor het eerst werd hij gecomplimenteerd met zijn naam en hij besloot deze naam aan te houden. Bij het schommelen van het motorbootje voelde hij beurtelings de schouder van Melanie tegen de zijne drukken, en aan de andere kant die van een vent die een vreselijke zweetgeur verspreidde die hem bijna misselijk maakte. Melanie zweette ook onder de oksels en de uitsnijding van haar blouse eronder vertoonde een nat halfmaantje. Haar zweet rook helemaal anders. Tersluiks bekeek hij haar, maar zij had het gezicht half naar het water gewend. Ze liet haar arm overboord hangen en nu en dan spoelde een golfje over haar hand. Ze zaten achteraan en daar was het vrijboord het laagst. Toen het bootje aanlegde en de helft van de passagiers er tegelijk uitstapte, reageerde het wild. Melanie zei: Aan het einde van het strand is het rustiger, daar liggen de zonnebaders niet zo dicht opeen, hier is het een mierennest. Ineens voelde hij zich rood worden: Ik heb mijn handdoek in de omkleedcabine vergeten in het zwembad. Ze lachte. Is dat zo erg? Niet om me af te drogen, maar om mijn zwembroek aan te trekken, want geld om nogeens een omkleedcabine te huren heb ik niet meer.

Dan maken we een wandeling naar het riet, zei ze. Zij stelde niet voor haar handdoek te gebruiken of dat zij het geld zou betalen. Hij slikte en voelde zich gespannen. Daar waar de hoge rietkragen begonnen zei hij: Hier. Nee, zei ze, ga maar wat verder. Je hebt je zwembroek toch niet vergeten? Nee, die niet. Waar is ze? Hier. Hij haalde ze uit zijn badzak en wapperde er mee. Onverwacht griste zij hem zijn lichtblauwe Port Cros broekje uit de hand. Ga daar maar in het riet en ik kijk of men je niet kan zien van hier op het pad.

De vlijmscherpe rietbladen prikten en sneden hem. Toen hij haar nog maar moeilijk kon onderscheiden riep hij: Ver genoeg? Ja, riep ze halfluid en hij zag haar van een andere kant door het riet naar hem toekomen, de stengels voorzichtig opzijduwend. Toen ze bij hem stond keek ze nog eerst achterom naar waar het pad liep. Allez, kleed je nu maar om. Ze hield zijn zwemslip als een bengelend lokaas vast. Hij trok zijn broek en onderbroek samen uit en stak de hand uit naar de badbroek die zij klaarhield. Brutaal gooide ze die plotseling weg tussen het riet. Zij keek met ogen die zich bijna tot spleetjes vernauwden naar zijn gespannen balzak en zijn penis die er horizontaal op lag, in rust, de tuit van zijn lange voorhuid mooi puntig uitlopend. Je hebt er een mooie, Dick, en dik! Zij schulpte haar hand onder zijn balzak en keek hoe zijn lul zwol en lang werd. Toen deed ze haar rok en haar blouse uit. Het zicht van haar borsten was overdonderend voor hem, toen ze haar stijve bh uitdeed. Eén tiet hing wat lager dan de andere. Haar tepels waren ovaal en plat. Hier trekken we straks ons badpak aan, mompelde ze en stapte uit haar broek. In de vorm van een piek stak haar lichtbruine venushaar vooruit. 't Is toch niet de eerste keer? Zijn nadrukkelijk ontkennend antwoord zei haar genoeg. Ze probeerde te glimlachen, maar ze keek verbeten, vond hij. Haar linkeroog leek met kleine schokjes voortdurend te pinken. Met dezelfde frequentie trilde haar linkermondhoek mee. Ze ging op haar rug liggen en spreidde de dijen lichtjes. Tot zijn verwondering zag hij niets dan donkerte en veel haar, bijna een borstel. Hij merkte niets van dat waar jongens het onder mekaar altijd over hadden. Geen spleet, pruim, gat. Hij had zijn vertrouwde loodrechte erectie zoals ze zich ettelijke keren daags vanzelf, zonder aanleiding manifesteerde en die hij zelf indrukwekkend vond. Eerst dit er over heen, zei ze, terwijl ze een kapotje over zijn lid ontrolde. Duw hem erin. Hij scharrelde wat in een onbekend en warrig iets en dacht dat hij vast alleen maar moest duwen. Dan kwam het wel vanzelf terecht. Hij stootte en drukte in het wilde weg tegen haar venusheuvel en kut aan. Ze liet hem doen en begon met haar tepels te spelen. Dat vrouwen dat bij zichzelf ook wel doen, had hij horen vertellen. Het beeld wond hem op en zijn zaad spoot eruit voor hij er erg in had, en haast zonder genot. Ze richtte zich half op: Kijk nu eens goed, want je weet nog niks. Ze wees met haar vingers en lichtte toe, ze gaf hem een aanschouwelijke les. Met vinnige tikjes tegen zijn ballen en lul maakte ze hem opnieuw stijf en zij: Nu, deze keer beter hoor. Hij was een soort gevoelloze machine die automatisch en met hetzelfde ritme doorging. Hij zweette overvloedig en druppels liepen van zijn wenkbrauwen over zijn oogleden en wimpers. Intussen bekeek hij haar aandachtig. Haar open mond leek versteend in een grijns. Met haar handen klauwde ze zich vast aan wat rietstengels tegen de wortels aan. Nooit had hij vermoed dat een buik zo kon golven als die onder hem. Dat deel van haar lichaam leidde een heel apart en opvallend leven. Schichtig en hijgend loerde hij door het riet. Toen ze ineens begon te krijsen schrok hij. Zo luid, dat zou iedere wandelaar vanop honderd meter horen. Had hij haar pijn gedaan? Wat was dit? Maar het ebde weg samen met het golven. Net als zijn erectie. Melanie was de eerste vrouw in zijn leven. Enkele minuten later, toen ze zich sprakeloos hadden aangekleed, stopte ze hem glimlachend geld voor de bus toe en zei: Ga maar alleen. Ik blijf nog een uurtje of zo. Verward knikte hij en ging haar voor, had de gewaarwording dat hij door de jungle stapte, mogelijk beloerd en bedreigd. Bij het pad keek hij om. Ze volgde op een afstand, traag kuierend bracht ze haar haar in orde. Ze kamde er stukjes riet uit. Hij wuifde kort en zij hief de hand op. Op de plage kom ik wel vaker. Dat zinnetje bleef de hele weg terug door zijn hoofd malen. Maar hoewel hij er geregeld hoopvol kwam zonnen, Melanie zou hij nooit weerzien.

9

Sinds Inge weer naar school was na de vakantie voelde hij zich meer vrijgevochten en artistiek onafhankelijk. Hij zou niet weer thuis dagelijks op haar zitten wachten tot zij om halfvijf terugkwam, zoals hij meer dan een jaar had gedaan. Het eerste jaar dat hij met pensioen was vond hij dat er genoeg kleine klussen te klaren waren om zich bezig te houden. De lak van de auto moest dringend bijgewerkt worden, en daar had hij nooit de tijd voor gevonden. Dat ene kastdeurtje in de caravan moest vervangen worden door eentje van plexiglas. Daar kroop tijd in want daartoe moest hij naar een fabriekje om er een plaat op maat te laten snijden en de scherpe randen afslijpen. Het terrasvloertje achter het huis had hij bijgevoegd, dat wachtte al zo lang op een behandeling. En de opstaande zijmuurtjes met de dekstenen, van het dak, moesten ook opnieuw gevoegd worden. Het cement, als je 't zo kon noemen was er gewoon uitgebrokkeld, en overal nog wel. Ze hadden indertijd zavel gebruikt in plaats van mortel. Ons huis is op zand gebouwd! Hoelang nog vooraleer die slechte zavelachtige specie gaat afbrokkelen en het huis verzakken? Hij was wat blij dat hij na dat knutsel- en karwei-jaar resoluut zijn penselenkistje en palet had te voorschijn gehaald en nieuwe verf was gaan kopen. Hij schrok wel van de prijs van een tube en van het blad papier. Hij had gauw uitgerekend hoeveel tegenwoordig een middelgroot waterverfschilderij aan materiaal alleen al kostte.

Sinds de vakantie was met de lange nazomer een soort nieuwe zinnelijkheid in hem opgestaan. Een sensuele gulzigheid die hem verraste. Het leek of hij een verjonging beleefde. Een leesachterstand had hij ook in te halen. De laatste jaren was de boekenactualiteit aan hem voorbijgegaan. Er waren wel namen van nieuwe auteurs blijven hangen, maar de titels, de meeste toch, van hun boeken, kon hij er niet opplakken. Het geheugen daar was iets niet pluis mee. Als het maar niet het begin was van een hersenverkalking, dementie. Hij verwachtte toch nog wat jaren te goed te hebben in een behoorlijke conditie. Hoe oud zou hij worden? Zestig was al dichtbij, vijfenzestig is nog jong. Te jong om al dood te gaan in deze tijd. Deze wereld heeft nog te veel boeiends te bieden. Zeventig misschien. Ook niet echt oud. Tachtig was al wel echt oud. Van dan af wordt een mens stokoud. Als je ze ziet sjokken, strompelen, zich vastklampend aan kasten, tafel en stoelen, amechtig piepend, gekromd en verstijfd, nauwelijks nog mobiel en totaal afhankelijk van hulp, om te worden gewassen, nagels geknipt, eten voorgezet, of gevoerd, dan weet je dat ouderdom een straf is. De vernederende straf die een mens moet ondergaan in ruil voor een lang leven. Of men leeft niet lang en blijft dit verschrikkelijke proces van stokoud worden bespaard of men is een lang leven gegund, maar dan wel die straf. Hoewel ook diegenen die veel jonger moeten sterven daarom niet van een monsterachtige afschuwelijke wraakoefening gespaard blijven. Dat het leven van de hoogbejaarde ontaardt in een straf, dat heeft hij gezien met zijn moeder die tegen haar zin in een *home* werd *geplaatst*. Eufemismen. Een vreselijke stap die hij verplicht was te zetten. Ze was te zeer hulpbehoevend om alleen in haar flatje te kunnen zijn. Ze viel geregeld. Op een dag breekt ze een heup of een wervel en ligt ze daar dagenlang op de grond. Dat laatste was al gebeurd. Toevallig liep hij even langs. Om de twee dagen kwam hij. Hij hoorde haar zwak kermen en jammeren toen hij zijn sleutel in het slot omdraaide nadat hij driemaal kort achtereen op het belletje had gedrukt. Het herkenningsteken dat hij het was. Hij kon de deur maar een hand ver openduwen. Ze zat klem. Met zijn arm probeerde hij de hindernis te voelen, te bereiken. Het was de deur van het badkamertje die haaks openstond op de buitendeur. Slechts met een verlengstuk, een lang voorwerp kon hij erbij. Toen dacht hij aan de paraplu die daar buiten op de overloop in de paraplubak stond. Zijn moeder lag op het tegelvloertje in haar dunne japonnetje, de iele witte benen er hulpeloos onderuit stekend. Ik lig hier al van vannacht, jammerde ze, en ik heb om hulp geroepen maar niemand hoort me. Ze kon niet meer recht en had niet meer de tegenwoordigheid van geest om tot bij de telefoon te kruipen. Daartoe had ze ook te veel pijn als ze bewoog. Ze dacht dat haar borstbeen gebroken was. Het deed zo'n pijn dat ze door hem niet wilde rechtgeholpen worden. Alleen haar dokter moest gauw komen. Komaan, ma, bijt op je tanden en ik trek je recht. Met angst in het hart had hij de situatie verkend. Ze had zich gelukkig niet bevuild. Dat zou hij niet aankunnen, moeder of geen moeder. Dat was voor hem een niet te overschrijden drempel. Zij duwde zijn handen brutaal weg. Hij wachtte tot de dokter kwam. Nee, er was niets gebroken, maar dit is toch onverantwoord, meneer, om zo'n hoogbejaard mens dat geregeld valt alleen te laten wonen. Ja, ik weet het, er komt wel een bejaardenhelpster driemaal per

67

week, maar in het weekend kan ze er gemakkelijk zo twee volle dagen en nachten hulpeloos en gewond liggen. Dat kan toch niet! En wat wanneer u op reis bent? Nee, u moet ze in een home onderbrengen. Aan de hartverscheurende weken die volgden wil hij niet meer denken. Ze streelde de muren van haar flatje, haar meubeltjes, huilend. De ellende van het home, het enige waar plaats was, en dat er behoorlijk uitzag, daarmee werd hij nog wel geconfronteerd. Het stonk er naar slechte riolering en oudemensenstoelgang. Er waren nergens eenpersoonskamers te vinden behalve in een duur hotelhome waar haar pensioentje te klein voor was en zijn inkomen eveneens. Ik zou me in een kanaal of een rivier willen gooien, zei zijn moeder radeloos, maar er is geen water in de buurt van het home. Deerniswekkend. Beschamend dat je geen hulp kan, wil, mag bieden. Alleen holle praat verkopen, prietpraat, woorden, woorden, blabla. En dat blijft het, ook al worden ze mooi verpakt en gedeclameerd door beroepsmarktkramers. Hij kon de bedenking niet van zich afzetten: als alle wanhopigen en hulpelozen die er om verzoeken dit werd gegund, zou er op sociale zaken en in de gezondheidszorg niet zo hoeven te worden bezuinigd ten koste van jongere gepensioneerden en werklozen.

Hij stelde stilaan vast dat hij bezig was heel erg mee met zijn moeder te verouderen, door haar. Hij leek direct gekoppeld aan haar hoge-leeftijdsproces. Ze beschouwde hem nu ook als een bejaarde, die hij niet was, niet wilde zijn. Hij verzette zich tegen de inbeslagneming door moeder die haar tentakels als het ware uitsloeg en hem met zich wilde meetrekken, samen de ouderdom in, samen de dood tegemoet. Hij kwam hiertegen in opstand en voelde dat hij haar van zich af moest schudden voor het te laat was, voor hij magisch werd meegezogen in een voortijdig ingezet en onherroepelijk gebeuren. Zij zat op zijn rug. Veel tijd had hij niet. Het kwam er voor hemzelf al op aan. Het aftellen was hoogstwaarschijnlijk al verder gevorderd voor hem dan ooit voor haar was geschied, zij die al de negentig voorbij was. Ergens haatte hij dit. Het besef dat hij in functie van haar leefde terwijl hij nooit zelf zo oud zou worden. Hier was iets onrechtvaardigs aan de hand, en al jaren. Al jaren beschouwde zij hem als haar horige, haar dienaar en vond zijn oudworden en zijn kwalen vanzelfsprekend terwijl zij zelfmedelijden koesterde en slechts haar eigen situatie als tragisch beschouwde. Er waren tijden dat hij zich met een vreemd gif ingespoten waande waardoor hij zich voortsleepte als in een nachtmerrie, zonder vooruit te komen. Verlamd door haar. Onderhuidse en soms geuite ergernis teisterde en kwelde hem en hij wist dat hij er op den duur zijn moeder door zou gaan haten. De monsterachtige dreiging groeide dat de kans steeds groter werd dat Inge of hij eerder zou sterven dan het hoogbejaarde, verschrompelde vrouwtje.

10

De collega van de vierde klas heeft zich ziek gemeld.
Volgende week komt zij terug. Een vervangster moeten zij eerstdaags niet verwachten. Onwil en traag-
heid van de administratie. Hij overlegt met zijn vijf
collega's. De leerlingen van vier worden opgedeeld
over vijf en zes. Henk die vijf heeft stelt aan de collega
van de zesde klas voor, samen met hun klassen een
uitstap te maken over de dijken langs de rivier, de
schorren en de slikken in. Allen nemen ze een tekenblok mee en een klein kaft, tekenpen en oostindische
inkt. Zacht potlood is gemakkelijker, maar hij wil de
proef wagen. Ze zullen des te aandachtiger en be-
hoedzamer met de uitwerking moeten omspringen.
Geen gemakzucht kweken. Door de tunnel onder de
Schelde, waar in hun kreten en gillen hels galmen,
rukken ze op naar de linkeroever. De kinderen zijn
uitgelaten. De schooluitstappen behoren tot het
mooiste in een kinderleven. Met de hele klas iets niet
alledaags ondernemen, daar zit het hem. Zo zal solidariteit groeien. Dat hopen de opvoeders. Wanneer
de roltrap hen bovengronds brengt lijkt het daglicht
sterker dan een kwartier daarvoor. Buiten neemt het
joelen af tot opgewonden geroezemoes. De twee onderwijzers stappen vlug door, houden doelbewust een
hoog marstempo aan. Dan heeft de bende geen adem
meer om nog veel te lawaaien, noch de gelegenheid
om elkaar te doen struikelen of te pesten. Onderweg
zegt hij: Nu mogen jullie voor één keer eens zo hard
roepen als je kunt. Klaar voor het teken! Hij geeft met
een armzwaai het startsein. Als een bende gevaarlijke

gekken brullen ze om het hardst en houden dit vol tot ze haast stikken en rode of paarse koppen hebben. Sommigen forceerden hun stembanden. Op het trottoir aan de overkant van de laan blijft een echtpaar staan. Een raam wordt opengetrokken en een poetsvrouw komt nieuwsgierig naar buiten leunen. Een bestelwagen van een bakker begint meteen te toeteren om het kindergebrul kracht bij te zetten, solidair te ondersteunen. Maar nu verslapt het tumult. Ze zijn uitgebruld. De rest van de tocht zullen ze nu gekalmeerd zijn. Sommigen slaan bekommerend op hun borst. Anderen betasten de keel. De ergste lawaaimakers ondervinden geen enkele hinder natuurlijk. Ze passeren een klein en bijzonder lelijk vrouwtje dat naar haar echtgenoot, die bij een etalage is blijven staan, fluit. Meneer, die mevrouw fluit naar haar man als naar een hond! zegt een van de meisjes. Kijk!

Ze zien hoe het wanstaltige vrouwmensje nog eens fluit en met de vingers knipt. De echtgenoot komt en samen stappen ze naast elkaar verder. Zelfs het kind kan haar ogen en oren niet geloven. Ze kijkt verbaasd en geamuseerd op naar de onderwijzer. Doe dat maar nooit met je man als je getrouwd bent! Nee, want dat is niet lief. Zal je lief zijn, denk je? 'k Weet het niet, lacht ze, zal wel, als hij ook lief is. Ze bloost even. Zeg meneer, u stelt nogal vragen hoor! Verwijt.

De laatste laan ligt nu achter hen en ze gaan door het houten poortje waar het wandelpad begint dat zich door de schorren slingert. Kijk eens, meester, dat zeeschip lijkt over de dijk te varen. In de verte zien ze vage kranen. Het is lichtbewolkt en warm. Alle leerlingen hebben al trui of hemd uitgetrokken. Overmoedigen lopen er al avontuurlijk in bloot bovenlijf bij. We zullen naar de dijk gaan en een eind langs de rivier wandelen, zegt hij. Misschien is er een strandje, meneer! Van boven op de dijk ontwaart hij inderdaad een ministrandje waar enkele gedaanten aan 't zonnebaden zijn. Als ze dichterbij komen zegt een van de jongens van de zesde klas: Meester, die daar lijkt op de juffrouw van de vierde klas! Hij krijgt een schok. Verdomd, ja, hij heeft even scherpe ogen en heeft haar herkend. Ook zij heeft hem en Frans opgemerkt. Schok. Zij keert zich op haar buik en doet of ze slaapt. Kom, jongens en meisjes, we gaan de andere kant op. Waarom meneer? We trekken de schorre in tot we aan een geul komen. Daar blijven we dan tot het tij opkomt. Eerst gaan we allerlei waarnemingen doen en nadien tekenen. Na de picknick mogen jullie dan vrij spelen.

Een begint, twee volgt, drie doet meê. Drie bellen schellen. Ze slaan tegen elkaar op, op elkaar. De schoolbellen rinkelen om elkaar te overheersen. Hij roept. Gebiedend. Hij zwaait de arm autoritair uit. Eruit! Twee staan vóór hem op. Een van de twee trekt een mes. Dit maakt hem woest en hij stampt met een enorme kracht en schrikt wakker van de trap die half in de lakens, half tegen Inge's kuit terechtkomt. Zij uit een klagerig geluid maar wordt niet wakker. Hij krijgt een schrijnend schuldgevoel, is nachtwakker, wil haar strelen, maar durft niet om haar niet te wekken. Hij doet het toch, heel licht en traag aait hij over haar kuit, haar naar boven gekeerde dij en heup. En terug naar haar kuit. Om haar nachtmerrie die hij verwekt heeft te verjagen. Haar tot een zoete droom om te buigen. Vederlicht vertraagt zijn hand. Zijn vingers kunnen een erotische droom bij Inge opwekken. Behoedzaam met zijn vingertoppen lichte drukjes geven. Ademen durft hij bijna niet, bewegen evenmin. Hij weet wat hij zijn hand laat doen. Begeerte groeit uit. Hij licht het hoofd half op en bespiedt haar naar boven gekeerd gezicht. Ze ligt nu op haar rug. Ze mompelt onsamenhangende klanken. Fijne geruchten. Even beweegt ze het hoofd zijlings heen en weer. Lang, lang geleden had Inge soms hetzelfde gedaan, toen zijn stijve penis haar nog obsedeerde. Midden in de nacht werd hij dan wakker met een enorme kanjer die zij bezig was oppervlakkig licht met de vingertoppen te strelen. De rode cijfers van de wekker verspringen. Vijf uur negenentwintig. Half zes. Over een uur en een kwartier zal de radiowekker brutaal beginnen spelen. Hoe klein het klankvolume ook afgesteld is, het zal overkomen als de zoveelste dagelijkse verstoring van rust en geluk. Hinder. Dwang. Onheilspellend voorteken. Hij krijgt medelijden met Inge. Als ze nu door zijn vingers wakker zou worden zal ze niet voldoende uitgerust zijn om de schooldag aan te kunnen. Elke schooldag even verpletterend met de veel te talrijke klas van dertig kleuters. Vederlicht trekt hij zijn hand terug. Hij duwt zijn erectie naar beneden. Trachten te slapen. Hij probeert zich de schoolbellen van zijn leven voor de geest te halen als afleiding. Wanneer was de eerste? Van zijn kleuterschool herinnert hij zich niets meer. De eerste was die van de school waar zijn grootvader onderwijzer was. Dat was een bronzen klok die bijzonder luid en sonoor klonk. Later was er een kleine handbel van de eerste lagere school waar hij terecht kwam en tot de derde klas bleef. In de meeste scholen van zijn leven rinkelden, ratelden of knorden de enkelvoudige of in serie verbonden elektrische schoolbellen. Te luid, zodat je schrok en haast een sprongetje maakte en vloekte als je er net onder een voorbij kwam. Of te dof, zodat in de verste klassen of paviljoentjes het belsein niet opgevangen werd en de lesgever niets vermoedend een kwartier langer doorging dan nodig. Tot een van de leerlingen het ontdekte: Meneer, er is allang gebeld want de andere kinderen staan al aan de poort. Algemene schok, groot onrecht. Ooit had hij in een schooltje gestaan waar geen bel was, maar de hoofdonderwijzer mèt klas middels een schril fluitje de signalen van de dagindeling gaf. Net of de onderwijzers en de kinderen de hele dag op een sportveld of in de turn-

74

zaal vertoefden. Dat waren de tijden van groezelige handen, uitlopend oorsmeer, snotneuzen en gespuug op de speelplaats. Spuwen naar elkaar. En winden in de klas. Net als je je aandachtig over een leerling boog om eens een blik op zijn schrift te werpen, dik rood potlood in de hand, had die er een laten vliegen. Verwijderde de meester zich gauw. Of maakte een scherpe opmerking. Antwoordde op een keer een knaap: Ik mag dat van mijn moeder, die zegt: beter in de wijde wereld dan in een enge buik.

Meester! hij stinkt weer! Hoeveel keren had hij dat gehoord. En de andere luchtjes. Die van urine. Van een vuile broek. Het eerste okselzweet van de meisjes. De zouterige, plakkerige voeten, de zweetsokken, kousen, schoenen in de turnles. Bij regenweer de natte haren, de schimmelig riekende kleren. De walmende stinkende kolomkachel. Op een dag waren eerst twee, dan drie, vier, vijf leerlingen uit hun bank getuimeld. Koolgas. Tegelijk voelde hij zichzelf wegdraaien. Een leerling van een andere klas die een spons kwam lenen was net op tijd om alarm te slaan. Meester, meester, er is iets in 4B! De kinderen zijn ziek of dood en de meester ook geloof ik. Gestommel, toeloop, verwarring, gespannen drukte. Geroep. Ramen open! Wenders, loop gauw naar de directeur! Hij geeuwt opnieuw en opnieuw. Daar gaat de bel warempel op de klokradio en een opgewekte speakersstem: Ja, beste luisteraars, de gezaghebbende schoolbel. Het is al bijna tijd voor de school. Staat op gij luie slapers, de koekoek roept u op! Henk voelt zich onuitgerust, daardoor onvoldaan, misnoegd. Eigenlijk is hij al lang klaarwakker. Er blijft een tikkeltje sluimer overheersen. Dan zit de mens nog in het onderaardse,

75

de halfwereld van het nog verduisterde bewustzijn. Hij kan het niet laten: Inge, opstaan, luie kont!

Zo lief goeiemorgen wensen als jij kan niemand, weet ik zeker, snibt ze. Hij heeft een vergissing gemaakt. Ook vanavond, wanneer ze na school alleen nog maar zin heeft om zich te laten neerploffen op de lederen bank zal hij geen liefdestoenadering moeten proberen. En later op de avond evenmin. Jij bent natuurlijk niet moe, zal ze zeggen, maar *ik* wel.

Flitsen van kinderen zoals hij die gekend heeft. Een gelaat dat hem nog heel helder voor de geest staat maar waar hij de naam niet meer bij kan plaatsen. Van sommigen wel. Vooral van de meisjes. Het oerinstinct werkt krachtiger dan men denkt. Vranke Vera duikt op. Zij staat voor het bord. Klein en tenger voor haar twaalf jaar maar wel gevat, niet op haar tong gevallen. Niet de slimste maar ze doet ontroerend haar best. Ze wil niet achterblijven. Als ze een moeilijke vraag niet kan beantwoorden verwijt ze hem die. Zeg eens, meneer, u stelt nu ook de moeilijkste vraag van allemaal. Vera, ik vroeg geen commentaar, maar het antwoord. Ik weet het antwoord niet, zegt ze bits. Ze doet nukkig en kijkt verongelijkt. Maar hij weet dat zij elk moment in een brede grijnslach of in een opgewonden spotlachje kan uitbarsten. Kinderen van die leeftijd zijn labiel, vallen van het ene uiterste in het andere in korte tijd. Vera staat er te wiebelen, ze kantelt voortdurend haar voeten, zodat ze op de zijkanten ervan staat, haar voetzolen naar elkaar toegekeerd. Dan staat ze weer gewoon. Dat knikken van haar voeten zal gauw een uitwerking op de andere leerlingen hebben. Hij hoort al iemand zeggen: zie die haar voeten, hoe die daar voor het bord staat. Denk eens flink na, Vera. Een deel van het antwoord kun je toch wel geven? Ze haalt haar schouders op en lacht naar een meisje achteraan die in elk oor een balpen heeft gestoken en er zo doodernstig bijzit. O, meneer! Kijk eens hoe Greet daar zit! Dat mag toch niet, hè, meneer?

Greet! vermaant hij met een opwaartse knik van de

kin. Greet trekt de pennen uit haar oren. Vera staat nu opzettelijk storend te lachen naast hem. Hij weet dat hij ze nu beter met een laag cijfer naar haar plaats terugstuurt, liever dan nog meer tijd te verliezen met de overhoring die zij toch niet langer serieus neemt. Trouwens, enkele leerlingen zijn al bezig met tekeningetjes maken die ze vervolgens doorgeven. Alright then, go back to your place and learn your lesson better next time. Hoeveel krijg ik? vraagt ze brutaal. Ik zal je geen cijfer geven, maar je krijgt morgen een tweede kans. Ze is tevreden. En hij heeft geen ontmoediging of conflict opgewekt. Take your books and copybooks now, page seventy six. Start reading Erwin. Erwin laat er geen gras over groeien en vliegt er direct in, vlot en met luide stem. *Can't* Erwin, niet op z'n Amerikaans. Op de TV zeggen ze altijd *kent*, meneer. Weten we allang, Erwin, daar hebben we 't al meer over gehad, wij gebruiken de Engelse uitspraak. Hé, niet zo vlug! roept een jongen, ik ben nog niet klaar. Ssst! sist hij gebiedend en met strenge blik. De aandacht van iedereen is nu gericht op de tekst. Alright, that will do, go on now, Brigitte. Brigitte kucht, wiebelt eerst haar achterwerk in een goede positie en leest verder. Een stil en gesloten kind. Nooit steekt ze de vinger op. Wacht gewoon maar af. Zulke kinderen moet je er bijtrekken, ze niet vergeten, ze aanmoedigen. Je doet het al heel goed, Brigitte en als we dat vergelijken met een maand of drie geleden, dan is de vooruitgang opvallend hoor. Ze glimlacht en krimpt een beetje ineen. Hij voelt zijn ogen vochtig worden. Heeft hij vaker, verdomd sentimenteel, denkt hij. Maar het blijft ontroerend voor hem, als hij de leerlingen gelukkig kan maken met een aanmoediging, wat lof, een ontspannen sfeer in de klas, een grapje, en open, ongedwongen omgang met hen. Menselijk en tegelijk opvoedend contact. En hun nieuwsgierigheid prikkelen, de stimulansen voor het leren steeds weer aanbrengen. Hij knokt tweemaal met de knokkels op zijn lessenaar om een paar praters tot de orde te roepen. Meneer, er wordt op de deur geklopt! Ja, meneer, valt nog een andere belhamel de eerste bij. Rik, we weten dat jij de plezantste bent, thuis, maar let liever op want straks moeten jullie de tekst kunnen navertellen. Toch niet in 't Engels, meneer!? Natuurlijk wel, wat dacht je, in het Chinees?...

Voor zich ziet hij nu een jongetje van acht jaar. Met een pijnlijke schok voor hem, komt het kind tot leven, als uit een stilgevallen en weer op gang gebrachte filmsequentie. Mandy, hun schoondochter werkte toen nog in een bijzondere school voor gerechtskinderen, daar geplaatst door Justitie wegens misdrijven, of omdat het ouderrecht werd ontzegd. Soms werden ze gewoon binnengebracht omdat na een echtscheiding diegene aan wie ze toegewezen werden, de opvoeding niet aankon of van het kind af wilde zijn. Kinderen zijn veel vaker ongewenst en gehaat dan de moraalridders menen. Mandy had op een zondag het knaapje mee naar huis gebracht. Nooit komen zijn gescheiden ouders of zijn verwanten hem eens halen voor een week-end thuis. Al vier weken zit hij elke zaterdag zenuwachtig klaar met zijn koffertje, want de vader of de moeder heeft gebeld dat hij klaar moet staan op de middag. Ze komen hem halen voor het week-end. Tegen één of twee uur bellen ze dan naar het secretariaat dat het niet kan doorgaan. Pyjama en pantoffeltjes uitpakken en zijn spulletjes weer in zijn kastje laten leggen. Speel dan maar wat, Evert, of wil je nog een boek uit de bibliotheek?

Mandy had hem dus meegebracht. Evert keek zijn ogen uit toen ie al het speelgoed van vierjarig Erikje zag. Begon meteen verdiept te spelen met de autootjes en de racebaan. Want zoiets is onbekend in een opvoedingsinstelling.

Omdat het mooi weer was gingen ze ook een uurtje of twee naar het park. Ze renden om het hardst, Mandy en haar man Wim, de kleine Erik en Evert. Die leefde op. De twee kinderen kregen een ijsje en al likkend wandelden ze naast Wim. Evertje nam automatisch Wims hand. Het is hier leuk, papa. Hij liet de hand van Wim niet meer los. Voor het kind was Henks zoon een nieuwe vader geworden, en Evert vroeg: Mag ik bij u blijven, papa? Nadien brachten Mandy en Wim Evert terug naar het home, naar zijn slaapzaaltje. Hij was er alleen. De andere kostgangers, die ouder waren dan twaalf, waren naar de cinema. De jongsten waren voor het week-end thuis gaan logeren. Alleen Evert niet. Hij bleef bij Mandy die zondagavonddienst had. Zij deed haar ronde en controleerde of alle deuren en ramen op slot waren. Zij was er het enige personeelslid, en Evert het enige kind. Hij liep met haar mee, van deur tot deur, van raam tot raam en vertelde met horten en stoten over de ongewone dag en de nieuwe papa. Hij was er van overtuigd dat ie voortaan in het weekeinde zou worden opgehaald door hem. Intussen luisterde de opvoedster naar een verdacht geluid aan de achterkant van de keuken. Er waren in de afgelopen jaren twee verkrachtingen gebeurd. De drie paviljoentjes lagen

geheel van de buitenwereld afgezonderd in een bosrij-
ke omgeving en een grote speelweide. Maar Evertje
hoorde niets en vertelde verder.

13

Een van de weinige afwisselingen in zijn carrière was de enige studiereis die hij ooit had meegemaakt. Het was niet een echt lichtpunt geweest, hij had er een onduidelijke kater aan overgehouden, toen, direct erna. Niet van drankmisbruik maar van zichzelf. Op advies van de inspecteur had de inspecteur-generaal hem aangewezen als lid van de afvaardiging die naar Denemarken zou reizen. Twintig leraren, leraressen, directeuren en ambtenaren. Het ministerie betaalde het vliegticket. Het verblijf in Kopenhagen nam het Deense Onderwijsministerie op zich. In die tijd voelde hij zich lusteloos. Net of hij begon uit te doven na al die op elkaar lijkende schooljaren. Eigenlijk was hij liever niet meegegaan. Een congres van tien dagen over onderwijsvraagstukken leek hem een karwei, want ook de hele zaterdag werd er vergaderd. Maar de inspectie had een aantal mensen geselecteerd. Ze drongen aan. Inge vond dat hij zo'n buitenkansje niet moest laten schieten. Hij aanvaardde het en probeerde zichzelf, zo niet tot begeestering dan toch tot nieuwsgierigheid te brengen. Het was de tweede keer dat hij het vliegtuig nam. Zijn vliegangst probeerde hij te verbergen. Hij slikte een valium door met een slok aquaviet uit een zakfles die hij in de tax-free shop had gekocht. Toentertijd moest je de verzegelde plastic zak nog bij je houden. De fles mocht niet open tijdens de vlucht, maar hij deed het stiekem toch, nam nu en dan een slok. Zijn buurman was een jonge Jezuïet uit Namen die hem begrijpend gadesloeg en vergoelijkend lachte. Ook een slok? Nee, dat sloeg die af.

Het vliegtuig was een Caravelle, volgens kenners een uiterst wendbaar en soepel toestel met een verbluffende zweefradius. In geval dat de motoren uitvielen kon het nog een honderdtal kilometers in glijvlucht afleggen en dus altijd een uitwijkhaven bereiken. Dat vond hij geruststellend, maar toen de machine zijn aanloop inzette zag hij de pastelkleurige plastic binnenwanden opvallend bewegen en hij vestigde er de aandacht op van zijn buur die hem verzekerde dat dit niets betekende. Ook meende hij uit de motor naast hem die hij gespannen in het oog hield, vonken en kleine vlammetjes te zien komen. Zijn hart beukte maar hij probeerde zich zo koel mogelijk voor te doen. Zijn krampachtig om de leuninkjes geklemde handpalmen zweetten overvloedig en hij vreesde dat zijn ogen bol stonden. Hij keek naar de anderen van het onderwijsgezelschap. Sommigen converseerden rustig, anderen bladerden in een tijdschrift, weer anderen leken een dutje te willen doen. Met gesloten ogen zaten ze stijf rechtop. Toen de machine eenmaal de vlieghoogte had bereikt, nam hij opnieuw een grote slok. En direct erna nog een. De Jezuïet deed of hij het dit keer niet merkte en staarde voor zich uit. Nadien schrok hij van de schokken die het vliegtuig onderging. Het leek wel of hij in een vrachtwagen zat die op een slechte steenweg reed. Ruw was het woord. Het gezelschap bestond voor de helft uit vrouwen. Verder maakten twee directeuren van middelbare scholen en één rector van een college deel uit van de groep.

Denemarken lijkt nogal wat op Vlaanderen, had één van de directeuren gezegd: de Zweden zijn de Nederlanders van Scandinavië, ze hebben wel een grote mond maar zijn wel het modernst en doen het meest.

Ze staan een flinke stap voor. De Denen zijn wat guller, wat meer levenskunstenaars, de zuiderlingen van het noorden. Eten en drinken gebeurt er gevarieerder en vooral vrijer. De Denen zijn ook niet zo gesloten als de andere Scandinaven. Zoiets tussen Duitsers, Nederlanders en Vlamingen in. Dat bleek te kloppen. Ook inzake woningbouw en winkels.

Bij het instappen was hem een jonge vrouw opgevallen, met een dromerig gezicht, of was het een wat afstandelijke blik. Hij was er niet zeker van dat ze bij het gezelschap hoorde, scheen althans niemand te kennen. Net als ik, dacht hij. Zij zat stil naar buiten te staren door het deels doffe plexiglas dat talrijke fijne barstjes vertoonde. Tweemaal keek zij verkennend om zich heen en zag dat hij haar aanstaarde. Hij besloot niet te glimlachen. Een jong leraresje. Akte MO of academische opleiding?

In Kopenhagen wachtte een delegatie van drie mannen hen op. Iemand van het Ministerie van Buitenlandse Betrekkingen die voor de opvang zorgde, een langbaardige professor in de pedagogie en een bestuurslid van een lerarenvereniging. Zij brachten het gezelschap naar een touringcar met donkerbruine ruiten en vertelden dat ze al meteen ter kennismaking een ritje door het centrum en langs de bekendste bezienswaardigheden van de hoofdstad zouden maken. De man van de lerarenvereniging, nog vrij jong, gaf in houterig Engels met een zwaar Duitsachtig accent haperend een beetje uitleg. Na een half uurtje hield de bus halt bij een eerste hotel en alfabetisch werden de namen van de eerste helft van de groep afgeroepen. Elst klonk minder hard dan in het Nederlands door de zangerige uitspraak van de -el. Bij Jodogne stond het leraresje op dat hij al een tijdje had gadegeslagen. Hij liet haar voorgaan. Ze was klein, tenger en had een sproctig gezicht. De rosharige van Buitenlandse Betrekkingen begeleidde de eerste groep en hield nogeens appel in de salon. Hij vertelde dat hij Lars heette en zwengelde iedereen hartelijk de arm als van een oude pomp. Hij noemde alleman kameraadschappelijk bij de voornaam. Het leraresje heette Elisabeth. De bus met de andere helft van hun afvaardiging was al doorgereden naar een ander hotel dat, naar achteraf bleek, niet zo vlakbij was.

Tot zijn opluchting was zijn kamertje op de eerste verdieping gelegen, vlak boven het trottoir, en in geval van hotelbrand waar hij vreselijk voor beducht was, viel er dus nog te ontsnappen. Met voorbarig afgrijzen zag hij de paniek al op de derde en vierde verdieping en de oude houten trappen. Het was onnodig broeierig warm in zijn kamer. Hij draaide direct de knop dicht en zette het raam dat op een kier stond helemaal open. Op de handen steunend keek hij naar buiten. Hij zag een groot plein en een paleis. Amalienborg, las hij op het foldertje dat op het tafeltje lag. De buitenlucht was opvallend zuiver en fris en helemaal anders dan thuis. Geen industrie in Kopenhagen, veronderstelde hij. Van het koninklijk paleis dat daar vlakbij lag, hing een gereproduceerde ets boven het dubbele bed. Toen hij zijn kleine valies had laten openspringen en de weinige kleren die hij mee had genomen op het bed had gelegd en er nadien zijn scheermachientje en gebloemd toiletzakje bij zag liggen, voelde hij zich eenzaam en een beetje triest. Zo was het altijd als hij ergens zonder Inge was, voor een paar dagen. De wazigheid van de valium-aquavietcombinatie van anderhalf uur geleden, gaf hij een nieuwe injectie door middel van een slok uit de zakfles. Die was al bijna leeg. Meer mag niet, vermaande hij zichzelf, want anders wordt de conversatie in drie talen, Engels, Duits, Frans, straks moeilijk. Hij liet zich op zijn rug languit op het meeverende bed vallen, er wel zorg voor dragend dat zijn schoenen over de rand uitstaken. Van overal klonken opgewekte en drukke stemmen en voetstappen. Spoelbakken suisden en de leiding boven zijn hoofd floot een kreunend deuntje. Niemand van de groep ken ik, bovendien haat ik groepsreizen. Ik had me niet door de inspecteur moeten laten overhalen, dacht hij. Ik had hem namen van bekwame, meer geïnteresseerde, collega's moeten suggereren. Hij krabde uitvoerig op zijn alweer jeukende schedel, hoewel hij 's morgens voor de afreis nog een bad had genomen. Een vrouw lachte hoog en langgerekt. Het kwam prettig over. Wie van de groep zou dat kunnen wezen? Toen hoorde hij in de gang vlak bij zijn deur Deens praten. Sommige Deense woorden leken op zijn dialect, had hij al gehoord in de bus en in de hotellobby. Allerlei opschriften en uithangborden had hij al proberen te ontcijferen en verstaan. Hij maakte zich sterk dat hij eigenlijk vrij snel Deens zou kunnen leren. Als hij morgen de vervoeging van *hebben* en *zijn* zou vragen aan de begeleider, zou hij zich spoedig een beetje verstaanbaar kunnen maken. Jeg elsker dig. Ik hou van jou. Irritant bulderend van het lachen had de rosharige Deen hem deze kardinale uitdrukking geleerd. This can be of good use, you never know! Henk glimlachte breed. Who knows, zei hij schalks met raar opgetrokken wenkbrauwen. Hij gaf de rosse een klopje op de schouder. Die dag raakten ze bevriend.

De volgende dag werd er om negen uur na de ver-
welkoming, door een psycholoog eerst een inleiding
gegeven over de onderwijsstructuren in Denemarken.
Een uur later begon een uiteenzetting over de moder-
nisering en democratisering van het onderwijs. Na de
smørrebrødlunch was er een uiteenzetting over het
vreemde-talenonderwijs en tot slot een bondig over-
zicht van de Deense letterkunde. De volgende morgen
haastte men zich naar de wachtende bus. Doel van de
excursie was Gentofte Library. Niemand wist dat dit
een modelbibliotheek is in de gelijknamige randgemeente van Kopenhagen, die vijfenzestigduizend in-
woners telt. De architect ervan is dezelfde als van het
operagebouw in Sydney. Deze modelbibliotheek
wordt door vakspecialisten, onderwijskundigen en
andere belangstellenden uit de cultuursector van de
hele wereld bezocht. Het fenomenale boekenbezit bestaat uit zowat een half miljoen exemplaren, waarvan
zestig percent vertalingen. Jaarlijks noteert men twee
miljoen uitleningen. Na een wijntje als drink ging het
verder naar het Louisianamuseum voor moderne
kunst. Henk voelde er zich als bevrijd van al het aardse toen hij in het luchtige bouwwerk rondwandelde.
Vooral toen hij buiten op het gazon de zwarte mobile
van Alexander Calder afgetekend zag tegen de Oost-
zee die vlakbij aan het grasveld knabbelde. Dit was
een soort beleving die hij niet eerder had ervaren. In
de hal kocht hij prachtige, ongewone postkaarten om
te bewaren. Eentje opsturen naar Inge had geen zin,
want hij zou al terug thuis zijn als het met de post arriveerde.

Om twee uur mochten ze aan tafel in de cafetaria
en kregen laks op toast en broodjes met Deense kaas

en Tuborg of koffie. Met de twee leraressen die links
en rechts van hem zaten wisselde hij van gedachten
over de kwaliteit van het leven in het land waar ze
verbleven. Een beetje verder zat het meisje met de
dromerige blik. Ze luisterde naar de rosharige Deen.
Toevallig keek de kerel opzij, zag hem, stak de arm
joviaal in de hoogte en kwam op hem af. All those
beautiful girls in the world, what are we supposed to
do with them?! zei hij samenzweerderig. Yes, antwoordde Henk, het tweede deel van de vraag herha-
lend. Ze lachten mannelijk en trokken een flesje Tuborg naar zich toe. You know, if this interests you, we
could go out tonight and get drunk.

En wat vind je van de Deense meisjes? vroeg Lars 's
avonds op een terrasje in Nyhavn. Ze keurden er uitvoerig met de blikken de meisjes die er met gymnas-
tiekachtige tred voorbijstapten, de meesten met een
rugzakje op de rug, waardoor ze vrij met de armen
konden zwaaien. Toen Henk voor honderddertig kro-
nen bier had getrakteerd, stelde Lars voor een ont-
moeting te beleggen voor drie dagen later, met een
paar Deense meisjes, mijn leeftijd, dertig. Henk zei
veelbetekenend dat hij slechts negenentwintig was.
De zeelucht en de oude bruine houten schoeners in
het dok schonken hem een feestelijk gevoel van vrij-
heid en de mengeling van accordeonmuziek en de
laatste jukeboxhits maakte hem driest gelukkig. Ook
had hij Earl Hines-achtige pianomuziek opgevangen
die ergens in de buurt uit een open cafédeur kwam
gefladderd. Samen stapten ze er licht schommelend
naar toe. Een kleine man, duidelijk alcoholicus, zat er
op zijn eentje in het lege café, op één zwijgzame zee-

man na, een recital weg te geven. Ze gingen bij de pianist staan en keken ernstig en geboeid. Ze toonden hun gefascineerdheid, en Henk was in staat de meeste nummers die de pianist inzette te benoemen. De man bleek vroeger een orkest te hebben geleid, maar was op een dag onder curatele gesteld door zijn vrouw, in deze bar. Hij mocht er niet meer uit, wegens zijn alcoholisme. Zij bepaalde de frequentie van de pilsjes die zij nu en dan bracht. Maar vroeger was het anders, zei hij, toen speelde ik in alle grote steden van Europa. Nu alleen hier voor de toeristen. En voor mezelf. Ze klonken en Henk voelde zich een durver, zette diep inademend een brede borst op, was klaar voor veel nieuwe dingen, voelde zich jong en onbevreesd. Hij bestelde nog een rondje voor hun drieën en vond dat Lars nu eigenlijk ook wel eens een gebaar mocht doen. Nee, deze is voor mij, verzekerde de virtuoos. Ze spraken af dat ze de dag daarna ook zouden komen. Ik hoop het, zei hij. Lars bezwoer hem dat hij nog een fijne vriend zou meebrengen naar de afspraak met de meisjes. Een avonturier en een drinkebroer. Die zou trouwens de meiden meebrengen. Leuke, natuurlijk. Dronken stapte Henk wat later naar zijn hotel en fantaseerde opwindende taferelen.

14

Met slechts lichte hoofdpijn werd hij wakker. Onbe-
stemde geluiden. Hij zag dat hij nog gemakkelijk
meer dan een half uur kon slapen, of blijven liggen.
Van de nawerking van de alcohol was hij wat opgewonden, zijn hart sloeg een snel ritme dat niet normaal was. Hij overpeinsde de uitstap in Nyhavn. Hij
vormde zich een beeld van een artiest met talent, die
met de drank als wilde gezel cynisch een woest leven
had geleid, wel wetend waar dit naartoe ging. Naar de
aftakeling die vervroegd zou worden voltrokken.
Toch houdt hij morbide vol. Wat maakte het uit, naar
de slachtbank moeten we toch allemaal. Hij stelde
zich voor dat hijzelf toch feller zou hebben geleefd, he-
viger, zij het iets korter. Maar door het drankgebruik
had hij misschien de wildste avonturen beleefd. Hij
zou hebben geruzied en gevochten, uitspattingen beleefd die hij nu niet kende. Er waren niet veel vrouwen
in zijn leven geweest. Met een collega, Yolanda, had
hij een avontuur beleefd dat hem als een film voor de
geest kwam. Hij wilde niet meteen aan de hoogtepun-
ten ervan denken, maar reconstrueerde van het begin
af. Yolanda was intellectualistisch, koel, saai eigenlijk
in de gewone omgang. Onopvallend van fysiek en kle-
ding. Na een vergadering was hij met drie vrouwelijke
en twee mannelijke collega's iets gaan drinken op het
terrasje van hun stamkroeg vlakbij de school. Even
maar, hadden ze elkaar beloofd. Twee van de vrouwen stapten samen op, moesten de kinderen om halfvijf ophalen bij de school in hun buurt. De twee mannelijke collega's verlieten het café een kwartier later.

Yolanda bleef zitten. Hij voerde het woord, kunstmatig, om het gesprek op gang te houden. Zolang hij aanbrengt, antwoordt zij. Als hij zwijgt, zwijgt ook zij. Ze zal niets uit zichzelf zeggen. Die ene vervelende pummel in 4D, hoe heette die, in ieder geval, dat had hij zien aankomen. In het tweede jaar had hij hem gehad, en op de bespreking van de leerlingen, elke week, had hij voorgesteld hem niet te laten overgaan. *Als* hij overgaat, krijgen jullie het er over een jaar, en later ook, bepaald lastig mee. Het kwam uit. Yolanda zelf heeft haar klassen behoorlijk in de hand. Haar ogen en wenkbrauwen staan altijd op koel neutraal. Drukken niets uit. De leerlingen voelen deze koelte aan als ondoorgrondelijk. Ze weten niet wat er achter schuilt maar houden zich gedeisd. Ze heeft zelden make-up aangebracht, of heel weinig. Onopvallend. Cultiveert ze dit soort strengheid? Hij kan haar moeilijk doorgronden. Hij vroeg zich op een bepaald moment in het gesprek af: Wat wil ik eigenlijk? Waar ben ik in feite mee bezig? Is het omdat ik haar niet goed ken, dat ik probeer te raden, te vermoeden, te ontdekken wat er in haar omgaat? Misschien verveel ik haar met mijn spreken. Misschien is dit soort keuvelen een oefening met onbelangrijke woorden als inzet. Een dagelijks vertellen. Ieder mens spitst zijn aandacht als een ander vertelt. De oorsprong van alle literatuur. Maar met Yolanda voelt hij iets vreemds: ze lijkt ongevoelig voor verhalen. Hij denkt: wat zit ik hier eigenlijk te doen in dit café. Hij wil weg, maar blijft toch zitten. Ongemerkt werpt hij nu en dan een blik op zijn horloge. De middag loopt stilletjes weg als het zand in een zandloper. Zij drinkt thee, dan mineraalwater, dan fruitsap. Pas als hij er vier op heeft neemt zij een pils. Ik drink eigenlijk beter geen alcohol, zegt ze, want om onverklaarbare redenen ga ik soms plotseling huilen. Het is als iets dat mij van buiten wordt opgelegd. Dat, beaamt hij, ken ik, dat gevoel of je er zelf niets mee te maken hebt, dat het als een koekoeksei in je wordt gedeponeerd. Wat is een mens een zonderling wezen, monkelt ze. Zouden alle mensen zo raar, zo bizar zijn, vraag ik me vaak af. Zij geven er niets of weinig over prijs. Misschien terecht, want wie zijn innerlijk, zijn ik prijsgeeft, heeft prijs. Op slag zijn er anderen die het nodig vinden je daar ineens op te pakken, dat ze een unieke kans hebben om in een zwakke of kwetsbare plek te steken. Dat ze dit te baat moet nemen. Daarbij zie je ze genieten. Het is een atavisme. Het leedvermaak, het misbruik als merkteken van de mens, en de vreugde als het anderen slecht gaat. Vreugde, voldoening, soms gemaskerd. Was Yolanda gemaskerd? En ik? Hij probeert zijn eigen trekken voor zich te zien. Ik ben als reus verkleed. Ik ben als dwerg vermomd. Ik ben beide. Een dier, een plant die zich verplaatst ben ik, die daarbij geluiden voortbrengt, zingt, en gedaver en gedreun, geplets en gebonk produceert. Daar is de mens sterk in. Ik baan mijn pad met mijn hakmes van gedachten en gevoelens. Reageer met gevoelens en gevolgtrekkingen. Mijn pad is smal en toch breed genoeg voor mijn tocht naar het einddoel dat ik gestadig nader. Elk jaar, elke maand, elke dag kom ik dichter in de buurt van het doel. Warm. Warmer. Heet. En Yolanda kijkt mij aan en weet hier zonder twijfel niets van. Veertig is zij. Misschien is zij gewoon op weg op haar eigen manier. Haar pad kan ik alleen vermoeden. Ja, ik ruik het, vind het als met een wichelroede.

Haar tocht legt ze geruisloos af om geen aandacht van struikrovers, aanranders op te wekken. De honden mogen het wild dat zij is niet ruiken. Zij wil geen prooi zijn. Yolanda kijkt mij zijlings in de ogen en zo zie ik ook de hare. Kijkend houden de meisjes en ook jongens in de klas mij soms vast zodat er geen andere wijze van communiceren meer overblijft dan op dezelfde manier terug te kijken. Vooral niet de blik ontwijken, die blik niet vernietigen, dat kijken vernielen. Niets is wreder dan dat. Maar terugkijken, hem beantwoorden zodat hun poging tot zijn, hoe open of gesloten ook, niet wordt kapotgemaakt door een onontvankelijk leraar. Lees nu verder, Marie-Ange. Of wou jij nog iets vragen Kristien? Stel gerust vragen hoor, meisjes en jongens. Daarvoor ben ik hier. Beter dat ik alles nog eens uitleg, dan dat ik verder ga met de les zonder dat je 't vorige begrepen hebt. Maar je moet mij een seintje geven, anders kan ik het niet vermoeden. Soms wel, maar niet altijd. De blikken worden vaster, gerust. Of ze zijn strak. Ze wenden zich af of boren zich in je. Het is een soort relatie die ontstaat en in stand gehouden moet worden. Het moet een volgehouden contact blijven. Niet loslaten. Als deze kostbare en essentiële zeepbel uiteenspat gaat er onherroepelijk iets stuk in de mensenkinderen, want een zeepbel kan men niet herstellen. Ze is weg, voorgoed. Een onschatbaar iets is verdwenen, opgelost in het niets dat wij slechts met zeepbellen kunnen sieren, niet eens opvullen. Dat is het leven: met zeepbellen vechten tegen het niets. Hoe meer en kleuriger en groter we er kunnen blazen, hoe minder zinloos het bestaan. Yolanda is overgestapt op Pale Ale. Ze lijkt het wezen van de belletjes in het vocht te doorgronden.

Zo bestrijdt zij nu het bestaan in dit partikeltje van tijd. Deze fractie, dit minuscule tijdsmolecuultje duurt een eeuwigheid en wij zijn er ons niet van bewust. Duurt het leven niet eeuwenlang? Het is grenzeloos. Ook Henk en Yolanda zijn zonder limieten op dit moment. De drank, de grote tijdbreker is zijn wapen, maar zelden zijn schild. Achteraf blijkt hij alleen maar schuld. Yolanda zit voor hem en het lage terrastafeltje belet niet het zicht op haar. Witte blouse, rode rok en haar knieën zijn gerond, zoals ze daar zit. Er zit opvallend weinig beweging in haar persoon. Yolanda, kruis je benen nu eens, beweeg je armen, je schouders, je borsten, je nek, zit daar niet zo stijf, breng je lijf tot leven. Het leven begint bij veertig maar zij heeft dit signaal niet opgevangen. Of toch. Heel onopvallend, maar hij heeft het meteen gezien, lost ze de spanning die haar knieën tegen elkaar geklemd houdt. Er ontstaat een halve opening. Is zij zich hiervan bewust? Is het een ragfijn teken? Hoe zal hij het weten?

Hoe is het met je vrouw? Het is toch vreselijk gemeen wat die heeft doorgemaakt. Hij zegt dat zij er zich overheen probeert te zetten, maar het lukt maar half. De verbittering om zoveel onrecht. Yolanda knikt ten teken dat zij begrijpt. Als een vrouw met wie men een hele tijd alleen samen is, naar de echtgenote informeert kan dit een bewijs zijn van solidariteit met haar. Ze zegt zoveel als: je mag haar niet bedriegen, je mag niet hopen op een intiem contact met mij. Het kan ook het tegenovergestelde betekenen: ik weet dat je van haar houdt en dat vind ik goed, ik speel open kaart, ik waardeer haar maar het betekent niet dat ik jou niet wil ontvangen. 'Je was slechts een vluchtige

gast in mijn schoot' was een versregel die hij onthouden had uit een gedicht van een oud-leerlinge van
hem die hem haar eerste dichtbundeltje had toege-
stuurd met een aardige opdracht: in zijn lessen had zij
de poëzie ontdekt. Zou hij de vluchtige gast in de
schoot worden van de collega die tegenover hem zit?
Of wil ze gewoon een tijdlang luisteren, praten op een
terrasje in een randgemeente. Een gewone vriendschap zoals onder mannen. En onder vrouwen. Hij
legt als toevallig en kameraadschappelijk zijn hand
op de hare, die de steel van het bierglas tussen duim
en wijsvinger houdt. Ze is niet verrast. Ze kijkt hem
neutraal aan. Weer kan hij geen gevoelens in haar
ogen, noch van haar gelaat lezen. Zij blijft seconden-
lang roerloos zitten. De beiaard begint te spelen en hij
grijpt de geboden kans om te zeggen: Het is zes uur.
Bij het voorzichtige drinken slaat zij de ogen op en
kijkt over de rand van het glas naar hem. Pas als ze
het neerzet verschijnt er een zweem van een glimlach
op haar mond. Zo stil kent hij haar alleen nu. Als lerares is zij een ander iemand, nadrukkelijk toegewijd en
zelfverzekerder dan nu. Rustige, kordate leerkracht.
Haar lessen zijn net voldoende moeilijk om de klas
aandachtig en actief te houden en net niet zo zwaar
dat de leerlingen de moed en de belangstelling opgeven en afhaken. Tumult zoals uit het lokaal van Fred-
dy weerklinkt, komt nooit uit de hare. Maar ook nooit
klassikaal gelach zoals geregeld van overal wel eens
opklinkt. Er valt niet te lachen bij haar. Ook nu niet.
Juist daarom heeft Henk daar nu behoefte aan. Om
niet te stikken, hij voelt zich langzaam in ademnood
komen. Het is psychomatisch. In een flits vraagt hij
zich af of het daarom altijd zo stil is in haar lokaal.

Weet je wat ik nu zo ineens zou willen, Yolanda? Nee, zegt ze. Lachen, iets geks ondernemen met jou. Ze ziet hem aan alsof zij achter zijn ogen kijkt in plaats van er in: Wat dan? Iets vrolijks, zegt hij en voelt ook nu de ontoereikendheid van de woorden. Stel eens iets voor. Haar stem is schamper. We kunnen gaan kegelen, of gaan minigolfen. Ze luistert aandachtig en lacht dan. Zij legt de linkerhand in het midden van het witte terrastafeltje, hij onderkent een signaal, wil er de zijne opleggen, maar deze keer slaat Yolanda er verbluffend snel en bestraffend op met haar andere hand. Is er nog meer leuks dat je kan verzinnen? De kermis, zegt hij, of gaan zwemmen, een badpak kunnen we huren. Dan kan ik tenminste haar lichaam eens zien, denkt hij, want als iemand uit de kleren stapt komen er soms onaangename verrassingen aan het licht. Zou je topless durven? Ze lacht voor de tweede keer, nu wat losser. De pale-ale, denkt hij. Op een strand in het buitenland wel, maar niet hier aan onze kust. Stel je voor, leerlingen, collega's. Dus nee, hier niet, en zeker niet met jou alleen. Moet je niet naar huis, naar je vrouw toe? Hij probeert luchtig te doen. Nee, die is zelfs blij dat ze me al eens een avondje niet in haar buurt heeft. Hoezo? Ben je dan zo'n vervelende echtgenoot of wat bedoel je? Hij grinnikt uitdagend, en cynisch. Ik zou geen vent ononderbroken aan mijn zij willen, zegt ze. Waar blijft dan het soevereine zijn? Dat bestaat toch niet! antwoordt hij. We zijn allemaal met handen en voeten vastgeklonken aan de omgeving, familie, beroep, collega's, oversten, wetten, verzekeringen, verkeersregels, politiek, radio, TV, weersomstandigheden, noem maar op. Maar een kermis is er nu niet, werpt ze op. Jawel, zegt hij triomfantelijk, in Mechelen. Daar heb ik wel zin in, zegt ze, en daar wonen geen leerlingen of mensen van onze school. Dan gaan we erheen, verzekert hij kordaat.

Eerst zoeken ze een terrasje uit op de Grote Markt. Hij wijst met een breed armgebaar als een vorst naar de opgefriste gevels van het Paleis van Margaretha van Oostenrijk, naar de Sint Romboutstoren, de lucht. Uniek, zoals wij hier zitten, zegt hij, alleen al te weten dat er in de hele wereld moeilijk zo'n prachtig middeleeuws kader te vinden is. Yolanda staat op, strijkt haar rok glad op een nadrukkelijke, trage manier en excuseert zich. Hij kijkt haar na. Ze heeft lichtelijk gekromde benen en mooie kuiten. Haast alle vrouwen hebben leuke benen tegenwoordig, denkt hij. Aderspat is verdwenen. Hij kan zelf niet meer wachten en staat al op voor ze er aankomt, hij zeikt verdomme al bijna in zijn broek. Hij kruist haar onderweg. Estafette, zegt hij in het voorbijgaan.

Op de kermis bulkt lawaaimuziek dreunend en bonkend van alle kanten, versmeltend tot een waanzinnige kakofonie die twee kermisgangers, een man van achtenveertig en een vrouw van een tiental jaren jonger, mishandelt. Hun monden bewegen maar ze horen elkaars woorden haast niet. Als de auto-scooter luid als een stoomfluit begint te toeten en alle botsautootjes tot stilstand komen, klimmen ze elk in een apart autootje en beginnen te racen, de anderen ontwijkend. Ineens komen ze vlak in elkaars buurt. Hij probeert haar te ontwijken, maar zij ramt hem zo hard in de flank dat zijn bakje even opgelicht wordt. Zij wordt op hetzelfde ogenblik haast, door twee grijnzende jongens elk van een andere kant komend van voor en van achter gepakt. Een symbolische verkrachting. Haar losse haren zwiepen naar voren, dan naar achteren, en haar hoofd raakt de trolley. Haar autootje tolt als een gewonde kever om zijn as en weer wordt zij geramd door twee andere autootjes. Henk probeert alleman te ontwijken en schippert rakelings. Zij achtervolgt hem, wendt zich af en vindt hem opnieuw en onverwacht op haar baan. Zij maakt rechtsomkeer en voelt hem van achteren stoten. Haar borsten schokken ervan. Ze vlucht maar komt vast te zitten tussen twee andere autootjes die op hun beurt worden klemgereden en hij stoot frontaal toe. Het toetsein maakt een eind aan het wilde bewegen. Bij het uitstappen struikelt hij bijna en zij lacht. Hij voelt zich een beetje dronken. Zij ook? En nu? vraagt hij. Ik weet het niet, zegt ze. In de rups? Nee, ze is beslist. In het spooktreintje? Nee, zegt ze, niet in het donker. In het reuzenrad, zegt ze. Zijn hart staat stil, hij heeft hoogtevrees. Hij probeert zich te vermannen maar slaagt er niet in. Hij bekent. Ze draait zich een kwartslag naar hem om en als een strenge lerares kijkt ze hem minachtend aan en geeft hem een duwtje tegen zijn borst. Een harde tante, denkt hij, en zo koud als been. De schiettent? probeert hij. Mij goed, zegt ze. Zij neemt tot zijn verrassing zelf eerst een buks en schiet trefzeker eenmaal in en eenmaal vlak naast de roos. Een ventwijf, dat is ze, flitst het door zijn hersens. Zij krijgt na al haar kogeltjes te hebben verschoten, veel accurater dan hij, een lelijk reiswekkertje. Hier, dat moeten we zien, zegt hij bij een tent waarop aanlokkelijke vrouwen zijn geschilderd. De man achter de kassa lokt de voorbijgangers van wie er een aantal blijft luisteren. Het grootste natuurwonder, nooit gezien, dames en ook ú heren, komt er u van overtuigen: waar haar zusters er twee hebben heeft zij er drie! Nooit gezien, een speling der natuur! Zullen we? vraagt hij. Yolanda is al minder gereserveerd dan een paar uren daarvoor. Ze knikt glimlachend en hij betaalt. Ze gaan een klein hoekvormig gangetje in en horen giechelen en gedempt lachen door een luidsprekertje. Ze komen uit in een klein kamertje en daar staat in een glazen kast een opgezette kip met drie poten. Lachend gaan ze buiten en zien dat de andere mensen daaruit opmaken dat het spektakel de moeite waard is en op de kassa toestappen. Waar haar zusters er twee hebben heeft zij er drie, dames! Jaja, zegt Henk, dat was een goeie! Ik zou eigenlijk naar een café moeten, zegt zij. Ik ook, valt hij bij.

Hij houdt haar bij de bovenarm als hun glazen leeg zijn en betaald. Zij laat hem haar vasthouden. Hij zegt: En nu? Weet ik niet, zegt ze schouderophalend en met een meisjesachtige mimiek. Ik weet een bar, buiten in een prachtige groene omgeving. Toch niet te ver? vraagt ze. Een kilometer of zes, drie minuten met de auto.

De bar is een villa met een strodak op een open plek in een sparrenbos gelegen. Het peperkoeken huisje, leest Yolanda van het natuurhouten uithangbord. Er is geen terras. Henkt duwt de deur voor haar open en zachte ontspannende muziek welt naar buiten. Binnen is het nogal donker en luxueus. Achter de bar staat een meisje drinks te mixen en een wat oudere moederachtige dame die vriendelijkheid en vertrouwen uitstraalt begroet hen beleefd en glimlachend. Ze gaan op een u-vormige bank zitten, naast elkaar en bekijken de omgeving. Verderop in een uithoek is een paartje, de hoofden heel dicht bij elkaar, intens en gedempt in gesprek.

Het barmeisje in een zwart jurkje met een wit schortje, een groot diadeem als een kroontje in het haar vraagt: Wenst u champagne te drinken, een cocktail of iets anders? De suggestie laat niets aan duidelijkheid te wensen over. Hij voelt zijn keel vernauwen. Nooit is hij hier eerder geweest, hij wist het alleen van horen zeggen. Yolanda kijkt hem vragend en afwachtend aan. Wat verkies je? vraagt hij voorzichtig. En jij? Een cocktail liefst, zegt hij. Ik ook dan. De la Maison? Als er gin in is wel, zegt hij overtuigd. Ik ook, knikt Yolanda. Wat is dit hier? vraagt ze zodra het meisje weg is, dit is geen gewone bar. Hij kucht en zegt plagerig: Nee, maar wel knus. Hij ziet dat haar ogen wat omfloerst van de drank staan. Zachter. Nu en dan maakt ze een rare beweging met het hoofd, met een schouder. Wat ben jij eigenlijk van plan? vraagt ze met lage stem. Yolanda, ik hoop dat je het niet vervelend vindt dat ik dit zeg, maar je bent een vrouw met charme en aantrekkingskracht. Ikke? vraagt ze half onzeker, half spottend, of wendt dat voor. Ja, jij, voor mij in ieder geval. Zal je 't mij niet kwalijk nemen als ik iets te ver ga met mijn woorden? Hangt ervan af, zegt ze. Ze hebben hier kamers die men kan huren. Haar stilzwijgen duurt eeuwen. Hij legt voorzichtig een arm om haar middel en drukt een lichte zoen achter haar oor. Ik ken dit niet, dat heb ik nooit gedaan, gaan kameren. Ze fluistert het en drinkt dan gespannen van haar cocktail Maison. Als je bang van me bent dan... Bang van je? Ineens is het of ze zichzelf heeft hervonden. Ik ben helemaal niet bang, zegt ze zelfverzekerd.

De gedistingeerde matrone, de kloek, gaat hen voor, de korte trap op en doet elegant een deur open. Zonder nog iets te zeggen gaat ze weg. Yolanda kijkt nieuwsgierig naar de gordijnen voor het raam waarachter ze de sparren zien, naar het behang, de zoldering en het brede lage bed. In een hoek achter een paravent is er een wasbakje, een wc, een bidet en een douche met doorzichtig plasticgordijn. Zullen we een douche nemen? vraagt hij. Nee, ik wil me alleen een beetje verfrissen en vooral eerst plassen, ik barst alweer. Hij kleedt zich kordaat uit terwijl hij haar hoort ruisen als een fontein. Je functioneert goed, krachtig en vaak. Dat wijst op een gezonde constitutie. Ik hoop dat dit zo is, zegt ze. Als hij zich naar haar keert, zit ze al op het bidet, met haar rug naar hem toe. Het heeft allemaal iets huiselijks, niets vreemds, denkt hij. Hij wast zijn eikel en dan zijn reet. Het is een goed bed, zegt ze als ze er zich op laat neervallen. Ze heeft spierwitte borstjes met dikke totsen van tepels. Het beeld prikkelt hem. Hij streelt traag en langdurig met zijn vingertoppen over haar lichaam tot de topjes van haar tenen en terug, als met een eg over een te bezaaien voorjaarsveld verlegt hij de banen na elke tocht een beetje en maakt er een paar cirkels bij die hij over haar borsten trekt. Nadat hij het uitgebreide landschap waar bij zijn doortocht op sommige plaatsen kippevel verschijnt viermaal heeft herhaald steekt hij voorzichtig zijn hand tussen haar dijen. Zij glimlacht omdat, zoals hij had verwacht, zij haar benen niet spreidt. Ze tast naar zijn penis en begint die onderzoekend van boven tot onder te bevoelen. Zijn erectie groeit en zodra ze volledig is richt zij zich op. De dikke tepels maken haar kleine borsten erotisch. Ik kies, zegt ze, want ik heb niet veel nodig. Het zal lang geleden zijn, denkt hij. Ze gaat gehurkt schrijlings over hem zitten, met haar rug naar hem toe en beschrijft met zijn penis kleine cirkels en strepen en dwarsstrepen tegen en langs haar kut. Hij vindt het jammer dat hij geen zicht heeft op haar fascinerende borsten, maar de ronding van haar gespannen kont werkt hevig op hem in. Het is daar waar zijn penis als een dildo overenweer wordt gemanipuleerd glibberig, en wanneer zij hem binnenleidt voelt hij haar nat zijn nog beter. Ze plant beide handen boven zijn knieën en begint met trage halen op en neer te bewegen, voorzichtig tot het puntje van zijn eikel toe zodat hij er nadien van voor af aan opnieuw inmoet. Het schijnt haar niet te storen dat hij er soms uitglipt want ze blijft met hetzelfde spelletje doorgaan. In tegenstelling met anders, bij Inge, is hij bijna afstandelijk en bekijkt verwonderd haar rug en haar provocerend achteruit gestoken kont die op- en neergaat en wanneer ze is neergedaald, telkens een paar draaiende bewegingen maakt waarbij haar bilspieren samentrekken. Stilzwijgend doet ze verder tot ze even wacht en haar onderlijf een reeks kleine schokken krijgt. Ze ademt luid en herneemt haar spel. Het ritme versnelt, ze pompt nu ruw en stoot harder dan hijzelf het bij haar zou durven doen als hij had bovengelegen. Als een nieuwe serie schokjes door haar gaat maakt ze een lang klagerig miauwachtig geluid dat langzaam afneemt samen met het ritmisch bewegen en ze zakt krachteloos door de armen. Terwijl hij zich afvraagt: wat nu? richt ze zich opnieuw op, en begint hem brutaal af te rukken. Ze zit op zijn buik en haar hoofd is voorovergebogen. Met de andere hand betast ze zijn ballen. Ik word mishandeld, grapt hij en ineens is het er, schiet het er in een mengsel van pijn en genot uit. Zij laat hem los en gaat op haar rug liggen. Hij vind haar gezicht raadselachtig, terwijl haar ademhaling tot rust komt. Dan lacht ze vluchtig en waarschuwt hem: Geen woord hierover of ik neem wraak en vertel het aan je vrouw. Met revelerende details. Wij blijven bondgenoten, zegt hij met een bezwerend opgestoken hand, maar beseft dat zij nooit echt intiem zal zijn voor hem. Ik was een gebruiksvoorwerp, peinst hij. Als hij zijn penis gaat afspoelen ziet hij een druppel bloed en merkt hij dat er een pijnlijk scheurtje zit in het bandje onderaan zijn eikel.

15

De avond met de Deense meiden kondigde zich veelbelovend aan. Henk stond die vrijdagochtend met de rest van het gezelschap in de lobby van het hotel te wachten op de touringcar. Ze werden opgehaald voor een excursie door het Deense binnenland en naar Helsingør. 's Middags zou er dan een afscheidslunch zijn in aanwezigheid van de Deense Minister van Onderwijs of diens hoogste ambtenaar. Nadien waren ze vrij en voor zaterdag stond op hun programma: Sight seeing and shopping day. Zondagmorgen vlogen ze terug. Hij en Elisabeth waren in gesprek. Hij informeerde naar de reële bevolking van de klassen in Wallonië en in mooi Frans – die van Luik, dat is bekend, spreken het mooiste Frans – vertelde zij. Zangerig, maar niet zo traag als die van Namen. Geïnteresseerd luisterde hij. Zo naast hem was Elisabeth een klein tenger vrouwtje. Ze heeft vrij dikke, sensuele lippen en gave tanden. Hij probeert zich voor te stellen dat hij haar, licht als ze is, optilt en zij haar benen om zijn heupen slaat. Elisabeth is gedistingeerd en een beetje duur. Maar het eerste contact verliep ongedwongen en sindsdien zitten ze aan hetzelfde ontbijttafeltje. Lars komt binnen waaien met de wind van buiten en men begroet hem met: Haa! de bus is er! Sommigen dringen zich al naar de autobus toe. Gelach, opgewekte morgenfrisse stemmen. Henk laat Elisabeth voorgaan en wordt al meteen van haar gescheiden door twee opdringerige deelnemers en door Lars die hem vertrouwelijk toefluistert dat de drie meiden nog een vierde meebrengen. So, it's three to four! Hahaha.

Het binnenland van Denemarken is een bijzonder vriendelijk en lichtgolvend landschap, bijna intiem met zijn sprookjesachtige huisjes en hoeven erin uitgestrooid. Slot Kronborg waar Shakespeare's Hamlet speelt, valt wat tegen. Hij had iets geheel anders verwacht. Iets middeleeuws, somber. Het is echter een renaissance-kasteel, niet onwezenlijk genoeg om als decor voor Hamlet te dienen. Te recent. En ook te weinig indrukwekkend, in vergelijking met middeleeuwse burchten als het Gravenkasteel in Gent en het Kasteel van Godfried van Bouillon. Niet ononderbroken, maar geregeld is Elisabeth aan zijn zij. Hij staat voor een dilemma: als hij haar inviteert om die avond met hem uit te gaan, moet hij Lars en de Deense meiden laten schieten. Hij vreest dat de eerder schuchtere, gereserveerde Elisabeth intimiteiten zal afwijzen, terwijl de Deense vrouwen bekend staan om hun vrije seksuele opvattingen. Hij doet dus niet te ondernemend en bewaart een beleefde afstand tegenover dromerige Elisabeth. Dat is ook haar houding. Helaas moet hij kiezen, immers zaterdag zal hij het slachtoffer zijn van een reusachtige, mensonterende kater en moeten zij trouwens vroeg naar bed want zondag moeten zij om negen uur op het vliegveld zijn.

Dit is Krista, dit is Birgitta, Karen en Ulla. Aangename kennismaking. De vriend van Lars, een feestnummer zo te zien, verzekert hem dat ze in goede handen zijn, want alle vier zijn de meisjes verpleegsters. Ze gaan eerst iets drinken in een statig café met stijlvolle butlerbediening. Keuvelende kennismaking. Van af het begin voelt hij, en ook de anderen, dat de aanwezigheid van het ene boventallige meisje hinderlijk en gênant is. Wie dat is, zal nog moeten blijken. Lars grapt geregeld in het Deens, waarbij door allen, behalve door Henk gelachen wordt. Hij is gedwongen schaapachtig te glimlachen. De meisjes kijken hem aan, keuren hem. Hij schat ze vier-vijfentwintig. Is hij met zijn vijfenveertig niet te oud in hun ogen? Verblindende schoonheden zijn ze niet, maar aardige, frisse jonge vrouwen met een Noordse witte huid. Birgitta, helblond, Ulla en Krista donkerblond, Karen donkerbruin en met ogen van dezelfde kleur.

Jorgen stelt voor naar zijn huis te wandelen. Het is niet ver en een luchtje en wat beweging zijn gezond en dorstbevorderend. Onderweg kunnen we dan drank kopen en wat zoutjes. Ze wandelen kriskras door elkaar om de onevenheid van hun aantal niet te laten merken. Lars trapt op zijn hiel, waarbij zijn schoen half wordt afgetrapt. Hij kan het vervelend onheil camoufleren door al stappend zijn hiel weer helemaal in zijn schoen te wrikken. Onderweg verdwijnen de heren in een drankwinkel en de meisjes in een delicatessenzaak. Lars en Jorgen kopen ieder een literfles Ålborg aquaviet. Henk denkt aan de vrouwen, koopt twee flessen champagne en een fles Grand Marnier. Hij is immers de buitenlandse invité. Voor zover hij heeft kunnen vernemen is niemand anders van de delegatie bij Denen thuis uitgenodigd.

Nee, maar! Geweldig! Jorgen woont in een oud gebouwtje dat vroeger het kantoor was van een handelsonderneming waaraan ook de achterliggende loods toebehoorde. Die maakt nu deel uit van een handelspand in de achterliggende straat. De vroegere kantoorruimte beneden is als garage verhuurd aan drie autobezitters. De kantoorruimte op de eerste en enige verdieping – slechts twee meter boven straatniveau – vormt de prachtige vrijgezellenflat van Jorgen en ziet er half uit als een grote studio en half als een potentieel atelier, hoewel er geen sporen van artistieke bezigheden aanwezig zijn. Wel bezit Jorgen een onwaarschijnlijke verzameling oude wandplaten, van reclame- tot schoolplaten op karton en op linnen, en oude aardrijkskunde- en geschiedenisprenten. Hij ontrolt er enkele die de anderen geamuseerd en nieuwsgierig bekijken. Vikings op plundertocht en vrouwen meesleurend. Vikings in hun snekken op een ruige zee met aan de horizon een kust die wordt aangewezen en geduid als Vin Land, wijnland, waar de wijn groeit, het latere Amerika.

Verdomd, denkt Henk, dat ik nooit jacht heb gemaakt op oude schoolplaten. Inge heeft er wel zo twee meegebracht van de kleuterschool. Maar waar zijn al die andere, waar ze vroeger in de lagere school opstellen naar maakten? De onvoorzichtige knaap. De pruimendief. De nestenrover. En zo'n oude schoolglobe zoals hier staat bij Jorgen. Nou, hij zou niet weten waar die in hun interieur zou passen of een plaats vinden. Inge zou hem er niet willen: In mijn vrije tijd wil ik liever niet aan school herinnerd worden, zou ze zeggen. De grote ruimte echter ziet er origineel en vrijbuiterig uit. Er staan twee oude divans tegenover elkaar, met er tussenin een lage tafel van Dansk Design, in blank hout. Moderne keramiekvaas erop, dito asbakken en een kubus in loodzwart reliëfkeramiek bijna als een sculptuur. Twee gemakkelijke rieten stoelen worden bijgeschoven maar allen laten zich in de sofa's wegzakken. Jorgen vraagt wat ze willen drinken. Wijn, zeggen de meisjes. Ik heb wel wijn in huis, maar ook wat fijners. Hij pakt de champagne uit en steekt de twee flessen de hoogte in. Oooh! Gecharmeerde bijval van het vrouwelijk geslacht. Jorgen vermeldt niet dat de champagne Henks idee en bijdrage is. Even wil deze de credit hiervoor opeisen, want die keuze was al een eerste poging tot charmeren, tot veroveren. Maar hij zwijgt. Als we nu met zeven tegelijk aan de champagne gaan is die meteen op, dus een aquaviet voor hem. Tot zijn opluchting volgt Jorgen hem hierin. Lars echter wil ook champagne! De krachtiger en dus sneller relaxerende werking van de aquaviet is welkom voor Henk. Ontspant de pezen en de zenuwen. De bijna zwartharige Karen zit hem te bestuderen, merkt hij toevallig. Krista echter lijkt hem wat meer voor de hand te liggen. Die is de vrolijkste en dat blonde, nu hij in Denemarken is... een typisch Deense. De muziek die Jorgen opzet is koele Deense jazz. Ze praten erover. En over muziek meer algemeen. Dan over het onderwijs, sight seeing, het congres, het smørrebrød waar ze zo trots op zijn en het beroep van de meisjes, maar daar willen die liever niet over praten. De adequate sociale voorzieningen komen niettemin ter sprake en Henk heeft niets dan lof over het aan de perfectie grenzende uitgebalanceerde sociale stelsel in dit land. De jazz evolueert naar minder cerebraal, naar trager en intiemer.

Een half uur later zijn Lars en Ulla onafscheidelijk, Jorgen blijkt het aan te leggen met Birgitta. Henk zit tussen twee meiden als de beroemde ezel van La Fontaine tussen twee schelven hooi. Als hij stilaan duidelijker zijn voorkeur voor de blondharige Krista laat blijken en haar al intiem over zichzelf aan het praten heeft gekregen zegt Karen, de donkere, dat ze zich niet zo lekker voelt en een luchtje gaat scheppen. Wat nou? Je komt toch terug? Ja... denk het wel, als ik me wat beter voel... Hij ziet haar bij de deur en zo dat de anderen haar niet kunnen zien, tegen hem als niet begrijpend het hoofd schudden. Ze wijst naar haar borst, ik, mij, en ze schudt de hand om te beduiden dat hij verkeerd gekozen heeft, dat hij niet weet wat hij doet. Hij kijkt haar beduusd over de schouder van Krista aan, en glimlacht als om haar te vriend te houden, maar ze trekt de deur achter zich dicht. Daar gaat een mogelijke wisselpartner in geval het tot enige losbandigheid zou komen.

Wanneer het donker is geworden liggen Lars en Ulla in een hoek op wat kussens, Jorgen en de hoogblonde Birgitta op een van de sofa's en Henk en Krista op een dik, zachtharig, ruwgeweven tapijt aan de andere kant van de ruimte. Zij zucht en steunt terwijl haar donkerblonde haar over haar gezicht ligt als een verwarde sluier maar blijft haar benen tegen elkaar klemmen, weert zijn hand af telkens als hij haar panty naar beneden wil trekken. Hij blijft maar geduld oefenen. Zijn hart bonkt hoe langer hoe sneller en hij wordt bijna onpasselijk van de hitte die de radiator waar ze naast liggen afgeeft. Hij zweet, draait de knop op nul, zit even rechtop naar lucht te happen, herneemt zijn pogingen. Na een uur spelen met haar gevoelloos lijkende platte borstjes, legt hij zich er bij neer. Dit wordt niets. Met haar hand door zijn open rits streelt zij wel zijn stijve, maar ook daar blijft het bij, hoe hij haar ook verleidelijk allerlei toefluistert, haar aanmoedigt, haar probeert te overtuigen. Intussen nog een aquaviet, en nog een nemend. Zoals ook de anderen. Hij kan niet goed zien of de anderen neuken. Hij in ieder geval niet. Hij ligt wel half op haar, beweegt alsof hij neukt, maar meer laat ze niet toe. Hij denkt, shit, ze wil niet. Waarom ligt ze dan zo te zuchten en te kussen en laat ze me wel met haar tieten spelen met die wakke tepeltjes die niet groeien willen?

Zaterdagmorgen vervloekt hij morrend de bijzonder krachtige stofzuiger in de gang, die hem heeft gewekt. Hij kijkt door twee spleetjes van tussen zijn oogleden en ziet het neutrale daglicht. Geen zon of blauw in de lucht. Maar ook geen regenweer. Zijn slapen bonken mee op de cadans van zijn hart. Hij durft niet op te staan voor Dolviran, wegens de pijn. Het lijkt of er een vuistgrote tumor in zijn hersenen zit. Dan duikt het beeld op van de donkerharige Karen, die ongelovig het hoofd schudt, met de wijsvinger zichzelf aanwijst en met de hand dat verwijtend gebaar maakt, handschuddend: Je moest mij kiezen, *ik* wou je. Had hij toen geweten wat hij een uur of twee later had ondervonden, dan was hij naar haar toe gegaan en had zich tot Karen bekeerd, op slag. Godverdomme, het stomme wijf, Krista, liet me niet een aan haar kut komen en Karen... Kreunend krimpt hij ineen en blijft zo doodstil in foetushouding liggen om te proberen aan de verbetenheid van de wilde kater te ontsnappen. Het helpt niet. En hij weet nu al dat hij ook vanavond niet in staat zal zijn het bed te verlaten. Dus, Elisabeth de Stille, de Dromerige Madonna... Ach, dat werd toch ook niks. Ook een Lijze Bet.

Maar de volgende dag, zondagmorgen, komt ze opgewekt aan zijn ontbijttafeltje zitten babbelen als een goede oude vriendin en koketteert ze. Hij neemt verschillende vitamines. Oh, zegt ze, mag ik er ook enkele? Ik zie er namelijk nogal vermoeid uit, denk ik, en dat mag niet want dan verdenkt mijn man mij er weer van dat ik mij aan buitenechtelijke avonturen te buiten ben gegaan. Hij is verschrikkelijk jaloers, weet je. Ik moet er fris en uitgerust uitzien. Maar dit keer heeft hij echt geen reden om argwanend te zijn!

16

Het jonge leraresje stond al een hele poos in de gang voor het bureau van de directeur te wachten. Het lichtje stond nog steeds op bezet. Toen dat uitging en *binnen* oplichtte ging zij het bureau binnen van de directeur die nog maar sinds enkele weken zijn nieuwe functie bekleedde. De eerste week had hij zich niet veel laten zien en alleen wat met een stuurs gezicht dreigend door de gangen gepatrouilleerd en aan de deur van elke klas staan luisteren. Dan volgde het stadium dat alle jonge leerkrachten, de tijdelijken en diegenen wier betrekking onzeker was en wellicht zou wegbezuinigd worden, bij hem ontboden werden.

Dag meneer Wijnbergen. De secretaris zei dat ik tot bij u moest komen? De geblokte krachtpatserige ambtenaar boog zich zijlings naar het leraresje toe. Kunt u niet *iets* luider spreken, ik heb u niet goed gehoord. Ik moest, geloof ik, bij u komen, meneer Wijnbergen, zei ze luider en half vragend. Hoe heet ik? vroeg hij terwijl hij het hoofd schuin hield. Ze twijfelde. Sprak ze zijn naam met een verkeerde klemtoon uit, of was het misschien Wijnberge. Meneer... Wijnbergen... zei ze aarzelend. Hoe heet ik? wie ben ik? zei hij luid als tegen een stout kind. Meneer Wijnbergen toch? vroeg ze nu van haar stuk gebracht. Hij schulpte zijn hand achter zijn oor. Wie ben ik?! herhaalde hij kort. Nog altijd begreep ze hem niet. Wat doe ik hier? Wat ben ik hier? vroeg hij opnieuw als aan een hardleerse leerling. De... de directeur? zei ze half gissend. Ah! eindelijk, zei hij en nam opnieuw een gewone houding aan. Menéér de directeur, verbeterde hij.

Meneer de directeur. Dan, heel gemoedelijk, zei hij: Ik wou u alleen vragen elke maandagmorgen uw lesvoorbereidingen voor de hele week aan mij voor te leggen. 's Morgens. Maar ik begin 's maandags pas om dertien uur met het toezicht in de studiezaal. Dan komt u een paar uurtjes eerder, juffrouw, laten we zeggen om tien uur. We willen nu ook niet het onderste uit de kan, laten we een goede verstandhouding nastreven. Zo strikt moeten we de uren nu ook niet nemen, nietwaar, en als er dan iemand wegens ziekte afwezig zou zijn, dan kan u of één van de andere collega's die dan geen les heeft, inspringen. Ik heb dezelfde afspraak gemaakt met de andere collega's. Zelfs als er twee of drie leerkrachten ziek zouden zijn, krijgen de getroffen klassen toch nog les van de inspringende leerkrachten. Ieder geeft zo enkele extra uurtjes van zijn vak, in het belang van de school. In het belang van de kinderen. En voor de wekelijkse vrije woensdagmiddag zullen we een beurtrol opstellen. Als iedere leerkracht zo om de vier weken eens een woensdagmiddag aanwezig is in de school, kunnen we al eens een en ander administratief, organisatorisch en pedagogisch onder de loep nemen. En ook leerlingen opvangen en bijlessen geven als ze – of hun ouders – dat verlangen. Een speciale service aan onze clientèle dus. Deze school zal alle dagen bruisen van de initiatieven. De zaterdagmiddagen zullen er spel- en sportactiviteiten plaatsgrijpen. Op de zondagen zullen er uitstappen gemaakt worden samen met de geïnteresseerde ouders, of er zullen andere interessante activiteiten als poppenkast, toneel, muziekuitvoeringen voor en door de leerlingen zijn. En om de twee weken nodigen we een spreker uit, een jeugdauteur, bijvoorbeeld, of een bekende van de TV voor een boeiende middag. Deze school zal één grote familie worden en let maar op, zeer snel een uitstekende reputatie genieten. Misschien moesten we hier maar een paar slaapzalen laten inrichten, mijnheer de directeur, dan hoeven we niet meer naar huis, kunnen we hier wonen. We kunnen dan nog wat tuinwerk verrichten, zelf groenten kweken voor de schoolkeuken, zodat die alvast niet meer moeten gekocht worden. Verder wat deuren en ramen schilderen en in de uren die nog overblijven kleine klusjes en herstellinkjes uitvoeren. Dat had Jan Gysels gezegd. Die was voor niemand bang, en tegen niemand was de directeur zo hartelijk als tegen hem.

De machtswellustige uitslover krijgt na tweeëneenhalf jaar een hartstilstand. Grote tevredenheid op school. Voorbarig echter. De opvolger is even erg. Kaffert de leerkrachten uit – nooit meer dan één tegelijk – op de meest onverwachte ogenblikken en plaatsen waar altijd leerlingen bij zijn. En luid. In de gangen, op de speelplaats, in de klas. Petitie van de leerkrachten om daartegen verzet aan te tekenen weggewuifd. Dikkop, ook plaatselijk voorzitter van de vakbond, en met vele goede relaties, doet gewoon verder. In een leerkracht-leerlingenconflict, krijgt de leerling altijd publiekelijk gelijk. Jan Gysels grijpt hem op een dag bij de revers, tilt hem met één hand. Nog één opmerking tegen mij en je hebt een blauw bakkes, zodat ze 't allemaal goed kunnen zien en weten hoe het komt. Ik doe hier ook maar mijn werk naar beste vermogen, zoals de anderen. Of wat dacht je? En probeer maar eens klacht in te leveren. Stilte. Kille blikken.

Koude oorlog tot Jan naar de politiek overstapt en spoedig in het parlement zetelt. Van dan af weer het vroegere systeem. De onvoltooide Symfonie nr. 8 in b-klein D759 van Schubert waaiert zacht aan. Vanwaar weet hij niet. De tuin wordt er edeler van. Inge komt er aangezweefd. Op haar blote voeten al. Het onheil ingevolge de bezuinigingen begint al toe te slaan, zegt ze. Het Rijk liquideert zoveel mogelijk schoolbusdiensten, heft het leerlingenvervoer grotendeels op, dit ten bate van het dichtst uitgebouwde onderwijsnet van het land, de vrije scholen. Nu komen ook zelfs de jongste kinderen al op hun fietsje naar school door het drukke ochtendverkeer. Eéntje is er al doodgereden door een 'sportieve rijder'. Twee andere kinderen zijn vandaag geslipt op de beregende rijweg en aangereden. Gelukkig slechts eentje gewond, maar niet zeer ernstig. Eén hand vermorzeld.

En gisteren kwam de hoofdonderwijzer de klas binnen en struikelde over de kapotte, verbrokkelde cementvloer die al jaren bloot ligt omdat het linoleum daar geheel is weggesleten.

Henk vraagt naar nog meer schoolnieuws, de schoolberichten van elke dag. Zij deelt mee: Ze luiden als volgt, de schoolberichten: Eddy vrijt met Carla, Arthur is gek, Leo is met ziekteverlof, heeft arthrose, trekt één poot, maar gaat wel elk week-end rotsen beklimmen in de Ardennen waar zijn caravan staat. Dat geloof ik niet hoor, hij is alleen geïnteresseerd in avondlijk zuipen. Kan nauwelijks een fiets op, laat staan rotsen. Laat staan die rotsen! Als zelfs een rots niet meer staat als een rots, wat dan nog wel? Arthur gek? Weet iedereen al lang. Maar Eddy vrijt met Carla? dat kan toch niet! Hij trappelt een danspasje, als vroeger, kan zich nu laten gaan, meer dan op school. Carla, zo'n roommeid. Aan de universiteit geilde iedereen op haar. Hautain als ze was durfden wij haar niet te benaderen, vertelde Walter, maar zaten haar wel te begluren in de refter. Zat zij met haar pin-upfiguur en die boezem alleen en afwezig aan een ijsje te likken, zo heel traag met haar lange tong eromheen en erover, nou we werden er gek van en zij wist van niets. Mijn naam is Carla Haas en ik weet nergens van. Wij intussen spoten in onze onderbroek. Met Eddy, fysica. Heeft toch niets te maken met economisch recht? Ergens duidelijk wel. Carla de ongenaakbare!?

Wat nog meer? Dit: Dat er van de negen man dienstpersoneel nog maar twee werken. Twee werkvrouwen, de beste, en die moeten daarvoor boeten, voor hun kwaliteiten. De anderen zijn ziek. Al maanden. Twee van de werklieden zijn al haast twee jaar thuis. De andere twee hebben zich laten vallen, om eveneens wegens een arbeidsongeval thuis te kunnen blijven, maar één liet zich zo onhandig vallen, dat hij zijn enkel brak! Van de werkvrouwen is er één met kraamverlof en één is werkelijk ziek, die is aan de ruggegraat geopereerd en dat is niet zo best verlopen, ze moet al maanden het bed houden. De anderen zagen het niet zitten dat ze met verminderde effectieven de school rein moesten houden, afin, rein. De twee die nog op hun post zijn kunnen het natuurlijk helemaal niet aan. De kleuterklassen zijn al in weken niet meer schoongemaakt en ten einde raad zijn de kleuterleidsters zelf gaan dweilen en schuren met de hulp van de kinderen. Opvoedend werk, ze voorbereiden op later. Het was gewoon niet meer te doen, men begon al te niezen zodra men de klassen binnenkwam. De kinderen kun je toch zó niet op de grond laten spelen. Tegen vier uur zagen ze zo zwart als een hoge hoed, en je moet hun kleertjes zien.

Ze gaan de living binnen. Sherry of een wijntje, vraagt hij terwijl hij al nerveus de glazen neerzet. Schatje, ga jij nu echt alleen nog maar zuipen? En genieten, voegt hij eraan toe. En verder niets? Alleen het verslijten ondergaan en observeren?

Hij verstrakt even. Morgen begin ik met aquarelleren. Nog eens? vraagt ze relativerend en zacht. Ze houdt van hem, dat is duidelijk. Dat weet hij. Je was toch goed bezig in de grote vakantie, waarom ben je 'r mee opgehouden? Hij haalt de schouders op: Ach, in landschapjes is men niet meer geïnteresseerd. Ik moet iets anders maken. Symbolisch werk misschien. En de menselijke figuur. Naakten, pin-upschoonheid doen het opnieuw, internationaal. De esthetische trend. Girls, girls, girls, zingt hij, ze zijn mooier dan ooit tegenwoordig. Een origineel model heb ik nodig. Inge schuddebolt. Misschien vind je wel een van je oud-leerlingen bereid om te poseren, lacht ze, ik kan niet meer dienen, hè? Jawel, zeker. Als authentiek levensmodel, ja. Maar om de trend te volgen moet ik bij zijn. Koele jonge grieten, afstandelijke schoonheid, gezond dus voor oudere kunstenaars, zegt hij. Ze nippen niet maar nemen een teug. Hij is opgewekt, zij moe, maar ze laat hem begaan terwijl zij daar op de sofa in de woonkamer ligt, laag genoeg om niet geobserveerd te kunnen worden. Rok uit, dwingt hij. Eerst naar de badkamer, zegt ze. Met een zwellende lul volgt hij haar als een reu. Dan wil hij het in de badkamer. Zij niet. Ik ben moe, ik wil liggen, rusten. Nu is 't aan jou om te werken, en eerst lang mijn rug krabben.

Je spekrug, zegt hij terwijl hij zijn eigen beeld in de spiegel ziet. Weinig buik, rimpelig gezicht, dun haar en al verslapte huid op de borst.

17

...Als hij lokaal vierentwintig binnenkomt, staan er al twee meisjes en een jongen bij zijn bureau op hem te wachten. De klassieke opwachters. Menééér, mag ik het bord schoonvegen? vraagt Noortje. Hij kijkt half opzij en ziet dat het nog vol wetenschap staat. Hij knikt bevestigend. De knaap, de stille Wim Schaarlaken, vraagt of hij zijn formulieren voor een studietoelage naar het secretariaat mag brengen. Had ie al eerder kunnen doen, denkt hij, maar geeft hem de toestemming. De derde leerling vraagt terwijl ze het hoofd verleidelijk schuin houdt en haar wijsvinger braaf naast haar kin omhoog steekt: Mag ik de bloemen wateren? Hij zegt, vooruit dan maar, maar er valt geen tijd te verliezen, dus voortmaken, want we gaan beginnen. De grapjas vooraan, Petertje Schevesteen, doet geshockeerd: O, menéér! Zij gaat in de bloempotten wateren. Het meisje trekt een lang lelijk gezicht naar hem. Een andere knaap komt naar hem toe met zijn opengeslagen schrift. Intussen zitten ze overal te praten, twee duelleren met hun meetlat. Hij verwenst de afleiders. Zeg eens, wat is dat hier allemaal? Op je plaats! De snaak vooraan pruttelt tegen: Jamaar ik moest mijn schrift bij het begin van deze les aan u tonen. Straks dan, zegt hij geïrriteerd, en roept dan: Jacobs, noteer de namen van de leerlingen die ik noem en die schrijven dan vijf bladzijden tegen morgen. Wie nog een kik geeft, heeft prijs! Weer komen er twee naar voren. Op je plaats heb ik gezegd! Ze morren en gaan terug. In het voorgaan grist de ene een gum weg van een leerling die protesteert: Meneer, hij pakt mijn ding, mijn gum. Twee buren lachen kunstmatig hoog. De provoceerder grinnikt om het bereikte effect.

Er nu meteen korte metten mee maken, denkt Henk, want ze lijken in speciale vorm te zijn, en straks lopen het tijdverlies en de wanorde uit. Vijf bladzijden voor David Tofler, Erik de Vijlder, Marc Maes... Het wordt ineens stil. Marc Maes protesteert: Meneer, dat is niet eerlijk, de meisjes krijgen geen straf. Marc, hou nu maar je mond of er komen nog een paar bladzijden bij. Neem allemaal een enkel los blad papier en schrijf naam en voornaam boven links, eronder je klas, rechtsboven de datum – De hoeveelste is het vandaag, meneer? waagt Schevesteen – de leraar reageert niet. Onder de datum: Dictee.

Hij leest stil zodat ze de oren moeten spitsen. Nu en dan schrijft hij een moeilijk woord op het bord en onderstreept de moeilijkheid waar ze op moeten letten. Na het voorlezen gaan meteen enkele armen de hoogte in. Mag ik achter 't bord schrijven alstublieft? Ja, zegt hij. Met inkt of met balpen?, vraagt iemand half luid, als om hem niet te ergeren. De cijfers in letters meneer? Dat weten we allang, Martine, ja. Niet te snel dicteren hé meneer, anders kunnen we niet volgen. Hij begint met de eerste zin en veegt intussen de moeilijke woorden van het bord. Eindelijk heerst er stilte. Nu niet meteen opmerkingen maken, besluit hij.

De dictees worden onderling verwisseld. Elke rij krijgt de bladen van een andere rij, anders kiezen ze elkaars vriendjes. Elke leerling heeft nu de kopij van een klasgenoot voor zich liggen. Ongewoon aandachtig zoeken ze fouten. De tekst die achter het bord werd geschreven door de leerling die daartoe nu aan de beurt was, dient, nadat hij werd verbeterd, als voorbeeld. Meneer, hij onderstreept dingen die juist zijn! Ik heb nochtans gewaarschuwd: alleen échte fouten onderstrepen, niet een slecht geschreven letter of zo. Wel opzettelijk onduidelijke dingen, de fameuze -d met het streepje van de -t eraan vast, zodat ze alles kan zijn, -d, -t of dt.

De overdreven ijver, dat spijkers op laag water zoeken heeft echter een groot voordeel, bij deze oefening die gebaseerd is op de aangeboren eigenschap dat men altijd het werk van anderen kritischer bekijkt dan dat van zichzelf. De fouten die anderen maken ontdekken ze eerder dan die ze zelf maakten. Maar een onduidelijk beentje van een -m leidt gauw tot de bewering: hier staat een -n in plaats van een -m. Kom, niet flauw doen, alleen *échte* fouten onderstrepen. En vooral zélf nog fouten uit je eigen kopij halen als het kan. En ze behoorlijk verbeteren, dit is: in de marge de hele zin opnieuw schrijven, zonder fouten.

Hij weet hoe moeilijk het is. En nooit zijn ze zo vinnig als wanneer ze er een van hem op het bord ontdekken: Meneer, u heeft een woord vergeten op het bord. Ja? Waar? In de vierde regel, meneer! O ja, goed dat jullie er zijn om het te ontdekken. Maar als leraar mag u toch geen fouten maken? Het spelletje dat hij altijd geamuseerd meespeelde: Jawel, want niemand is volmaakt. Maar wij moeten wél volmaakt zijn. Hij glimlacht: Natuurlijk! Ze hadden gelijk, maar bij zo'n spelletje van geamuseerde verstandhouding voelt hij tastbaar de eenheid die ze eigenlijk vormen: een goeie klas en hun meester. Beide partijen gniffelen en schrijven verder. Periode van heilzame stilte zoals er soms kunnen zijn. En hoewel al die kinderhoofden veel te dicht boven het papier hangen, wil hij ze er nu toch even niet op attent maken. Niet de sacrale stilte van noeste arbeid aan scherven slaan met opmerkingen, raadgevingen. Maar hij moet ze raad geven, studeren, bijstaan. Ogen niet te dicht bij het blad! Dertig centimeter afstand minstens. Enkelen planten direct het liniaal tussen de ogen en houden het geklemd tussen voorhoofd en lessenaar terwijl ze zo verder schrijven. Inmiddels wandelt hij op de tenen tussen de banken door en kijkt systematisch of willekeurig schriften na. De besten dringen er op aan, vragen er om. Zij putten genoegdoening uit het nazien van hun prestaties, zijn uit op een woord van lof. De zwakkere broertjes moedigt hij aan: prima in orde, wel een ietsje meer zorg besteden. En niet overdrijven met het inkleven van zelf gezocht en gevonden documentatiemateriaal. De opgave: de ingeschreven les illustreren met een schetsje, een ansichtkaart, een knipsel uit een dag- of weekblad, een reisbrochure, wordt door sommigen overijverig toegepast. Ze plakken vijf, zes bladzijden vol, als je ze hun gang laat gaan, met volledige, vierdubbel gevouwen reportages, vakantiekiekjes, landkaartjes, zodat hun schrift meteen twee centimeter dikker wordt en bol gaat staan. Weer anderen 'hebben niets gevonden' en steevast wordt de opmerking gemaakt: wij hebben geen krant of weekblad thuis. Wel, ook uit reclamebladen kun je illustraties knippen en reisfolders geeft men je gratis mee. Niet waar meneer, ze sturen ons buiten als we zeggen dat het voor school is! Goed, dan kunnen de leerlingen die geen illustraties hebben gevonden er een, of een paar, krijgen van de klasgenoten die er op overschot hebben.

Sommigen zijn meteen gul, anderen morren halfluid: Dat z'er zelf naar op zoek gaan. Een van de jongens zegt op uitdagende toon dat zij thuis niks hebben om uit te knippen. Toch wel reclamebladen? Nee, want daar wikkelt moeder het vuilnis in en gooit die direct in de vuilnisbak. Iemand biedt aan: Van ons kun je een hele stapel Libelles krijgen. O ja? Breng ze dan maar mee. Ja zeg eens, kom ze halen, of ben je daar ook al te lui voor? De anderen hebben de manifeste onwil door, wanneer hij daarop repliceert dat hij na school de deur niet uit mag. Vreemd hoe sommige kinderen *altijd* tegendraads zijn, anderen meestal van goede wil. Weer anderen altijd nors, het tegengestelde van die altijd vriendelijk en sociaal zijn. Hoe verscheiden is de samenstelling van een klas... underdogs, bevoorrechten, moedwilligen, bereidwilligen, ezels, harde werkers. Een voorafbeelding van de maatschappij in al haar ingewikkelde diversiteit.

18

Flitsen als filmfragmenten ontrollen zich voor zijn geestesoog. Het afjakkeren van de leerlingen, twee, drie weken voor de kerst-, paas- en zomervakantie vond hij onwaardig. Zoveel onnodige bangmakerij, zoveel verderfelijke stress, zoveel sadisme was fnuikend voor menig kind. Hoeveel waanzinnige, overtollige leerstof hadden zij de leerlingen opgelegd en er zichzelf mee gestraft: dagen- en nachtenlang verbeteringswerk. Kannen en kannen sterke koffie om de ogen open te houden. Daarna het uittellen van de cijfers, getallen en totalen op de rapporten. Toen nog uit het hoofd en telkens was de uitkomst verschillend bij het natellen en het zoeken naar de mogelijke fout bij het horizontaal en verticaal checken. Uren en uren als een boekhouder, maar zonder rekenmachine. Voor het mogen gebruiken van de kantoorrekenmachine van de school moest je op goede voet staan met de secretaris. Een bak trappist werd zeer gewaardeerd. Je mocht meedrinken, vanzelfsprekend. De tijd dat je over de zware telmachine met de enorme zwengel mocht beschikken was krap afgemeten. Tik tik tikrrakk-weer een getal, plus tik tik tik-rrakk-plus tik tik tik... Nachtenlang had Inge mee opgeteld en gedicteerd of rapporten ingevuld. En dan, nadat ze werden rondgedeeld en de stilte viel als bij het uitspreken van een vonnis, dan ging die eerste vinger de hoogte in. Hij hield de adem al in. Ja? Meneer, voor wiskunde heb ik 50 punten te weinig. De leraar wiskunde heeft onze uitslagen gedicteerd en ik had 80 en op mijn rapport staat 30. Hemel, dacht hij. Laat eens zien, jongen. Ja. Dan moet ik dat meteen veranderen en bijgevolg al de totalen. Zoveelste krabbel en broddel. Corrector, bleek roze vlak, daarin dik zwart inktcijfer. Of met de inktgum een ruw open plekje schuren in de tabel en met het nageloppervlak glad strijken om er opnieuw met inkt op te kunnen schrijven. Vies getal. Slordig uitzicht van de rapporten. Elke leraar was titularis van een klas en moest daar de rapporten van invullen. De jonge leerkrachten kregen daarbij nog een extra taak: ook de rapporten invullen voor de oudste leraren, die ofwel ziek waren ofwel in beslag genomen door de opdeling van de prijsboeken, het inzamelen van de huur-leerboeken en de controle ervan. Verder was er nog de taakverdeling voor het ter plekke repeteren in een afgehuurde feestzaal – want de school had er geen – van de volksdansen, het zanggedeelte, toneelopvoering en de aankleding van de scène, geluidsinstallatie inbegrepen. Die collega's waren al dolgedraaid en kwamen 's avonds bekaf terug, zodat de limiet voor het inleveren van de rapporten intussen al zou overschreden zijn. Uw rapporten lijken wel experimentele schilderijtjes, had de directeur eens opgemerkt, en dan, die twee verschillende handschriften, dat is toch geen zicht, meneer Elst. Vraag maar nieuwe rapporten op het secretariaat en schrijf de meest slordige opnieuw. Een derde of een kwart van de rapporten, de spiegel van een volledig schooljaar, van september af aan helemaal overschrijven? Dat was niet meer haalbaar voor de deadline. Maar het moest. Hij werkte de hele nacht door, tot het ontbijt 's morgens. Dan meteen naar school. Er gebeurden dan ook naarmate de nacht vorderde, opnieuw hoe langer hoe meer vergissingen. Hij vergiste

125

zich van kolom, hij vergat een getal en merkte dat pas wanneer hij onderaan nog één horizontaal vakje over-had. Een toren van negen of meer getallen, verticaal onder elkaar, moest op een of andere manier afgebro-ken worden en opnieuw samengesteld zonder dit keer een getal over te slaan. Ze duizelden voor zijn ogen. 102,5 op 125 werd 112,5 op 125. Corrigeren. 78,5 op 90, 189 plus 269 plus 83,5. Zijn gedachten stokten, dwaalden even af. Waar ben ik eigenlijk mee bezig? Hij leek wel een apotheker die minieme hoeveelheden gif aan 't afwegen was. Een half puntje op driehon-derd kon het verschil op leven en dood uitmaken. Wat is dat voor een systeem dat wij toepassen? Een leer-ling flessen met een half punt op een totaal van drie-honderd, het kón. Verzet rees er dan wel uit een of andere hoek. Van een collega, van het schoolhoofd, van de ouders, van de leerling soms alleen. Vele kin-deren konden niet op de steun van hun ouders reke-nen. Op onervaren en stuntelige tot ongepaste wijze probeerden ze soms tegen de al dan niet vermeende onrechtvaardigheid te protesteren. De overspannen leerkracht: O, je vindt dat je te kort wordt gedaan, goed, we zullen je examenkopij nogeens samen op-nieuw doornemen. Dat is nooit slecht, want ook een leraar is maar een mens en ziet wel vaker fouten over het hoofd. Dus hier gaan we. Meneer, dit is toch juist. Vingertip bij een bepaalde paragraaf. De leraar tuurt bijna een gat in de kopij. Verduiveld, het joch heeft nog gelijk ook. Iets corrects fout aangerekend. Hoe is hem zoiets overkomen? Snel herpakt hij zich. Met arendsblik onderzoekt hij de hele kopij van de eerste tot de laatste letter, schat opnieuw het landschap in van onderverdeling in blokken. Hier ontbreekt deel C van vraag 4 zie ik. Deel D heb je wel, maar C niet beantwoord, dus hier moet ik de vier punten die erop stonden aftrekken. En wat is dit hier... Heb ik voor dat halfslachtige antwoord 7 op 10 gegeven? Ik vrees dat ik mijn oordeel moet herzien. Zes is zelfs al gul.

Eigenlijk zou je elke kopij niet slechts twee- maar driemaal moeten corrigeren met nogeens een revaluatie achteraf. Dat was hij gaan doen ten langen leste. Er kwam geen einde meer aan de verbeteringen, hij voelde zich hoe langer hoe meer met zware verantwoordelijkheid beladen. Een wirwar van gewetensvragen. Het gedoe werd hoe langer hoe hallucinanter. Leraren stortten in, barstten hoofd op de armen in snikken uit, of in aanvallen van woede, wrok en wraakzucht. En dat ene fatale halve punt of dat hele? Bits overleg met de collega's in de leraarskamer, nadien tijdens de vergaderingen. Dit kan toch niet. Goed, dan geef ik hem vier punten minder, in plaats van één. En waarom niet naar boven afronden? Soms solidariteit: die steenezel? Heeft ons een heel jaar lang het leven zuur gemaakt, behalve de laatste weken, natuurlijk! Nu is het mijn beurt. Hij zal herexamen moeten afleggen en de hele vakantie blokken. Een vader betoont bepaalde aanvechtingen. Een leerkracht ook. De directeur incasseert een vuistslag in het volle gelaat, roept de secretaris ten getuige, de turnleraar te hulp. Een leerling die gezakt is voor het eindexamen loopt in wanhoop weg. Ze zien hem niet terug. Hij zal nooit een diploma kunnen voorleggen. Heeft definitief afgehaakt, in 't zicht van de haven die hij net niet bereikte. Huisbezoek door twee leerkrachten. Willen hem overtuigen aan de herkansing mee te doen. De betrokkene wil hen niet zien. Ze horen er nooit meer van. Proclamatie. Een lach, een traan, nadien in de buurt veel bier. Alle opgehoopte spanningen moeten nu als bij toverslag wegvallen. Intiem dansje met leerling. Je kan met mij meerijden, 't is toch dezelfde richting uit. Nat gekus in de auto, blouse open, een kleine maat van bh, een tere huid. Gesteun. De volgende morgen komt een buurvrouw luidruchtig een en ander melden op het secretariaat over zat gedoe en schande. Het schoolhoofd is toevallig in gesprek met een bezoeker en dus bezet. De houtenhoofdige opvoeders zijn perplex. Iemand loopt bijna over van schuldgevoelens. Hoe onverantwoordelijk een verantwoordelijke kan zijn. Hoe dom een verstandige leerling, hoe slim een onverstandige leerling. Kaatsebal ik heb je. Melden. Rapporteren. Excuses. Mutatie naar een andere school. Waarom zakt voor uw vak elk jaar steevast de helft van de leerlingen? Mijnheer F? Dit feit alleen al is het bewijs van uw pedagogisch falen. De prijsuitreiking. Een plechtigheid. Waardig schoolhoofd, plechtig lerarenkorps, opgetutte ouders, zenuwachtig secretariaat, in bad geweest leervee waaronder wij herkennen: de pestkoppen, de praters, de lachers, de dromers, de onmachtigen, de sukkelaars, de rotzakjes. Vandaag met wat minder of zelfs nog een poging tot meer branie. Praat te veel tijdens de lessen en leidt daardoor zichzelf en de anderen af! Stoort de les! Kan beter, mits ernstige inspanning. Ooit al eens *hard* gestudeerd, Johan? Volgende keer nóg beter zou héél mooi zijn Frank. Proberen! Flinke vooruitgang sinds februari. Goed zo, Marianne. Volhouden! Dit is nu het resultaat van oppervlakkig werken, onvolledige schriften en gebrek aan ernst. Boontje komt om zijn loontje. Een fles? Hoezo? Voor mij?

Ja meneer. Welbedankt hoor en volgend schooljaar even flink meewerken hoor, dan kom je'r wel, man. Wat zou dat wel wezen? Haha, dat is een goeie, een foppakje met een telraampje. Een ruiker voor de juf. Een kanten zakdoekje. Prettige vakantie hoor meisjes, jullie hebben ze verdiend. En je niet te veel met de jongens inlaten hoor, ze zijn het niet waard! Gegiechel, luid protest, gierend lachen, elleboogstoten, namen noemen: jaja Eliza! En Dina! Dat geldt vooral voor Dina, mevrouw. O ja? Geduw, maniertjes, geschokt O! en veel nadrukkelijk Ja!

19

Erikje kwam de trap al opgestormd met een bijzondere mededeling: Opa, ik heb jou op TV gezien! O ja?
Ja, hoor, zegt Mandy, hij heeft zijn opa gezien, én,
zegt ze gedempt: hij zwaaide naar het scherm. Henk
slikt ontroering weg.

Hij houdt zoveel van zijn opa, hé, zegt Mandy.
Zwaait zo'n ventje spontaan naar het beeldscherm,
denkt Henk. Twee keer in zijn leven is hij op TV geweest. De eerste maal toen hij deel uitmaakte van een
afvaardiging van leerkrachten die door de minister
werd ontvangen in verband met de radicale hervor-
mingen die zonder overleg werden opgelegd. En dan,
zopas, in een panel over het probleem van gedragsop-
voeding nu en in de toekomst. Iedereen had 'hem' gezien, zo kan hij nadien vaststellen. Zijn vriend Ray-
mond had hem al lachend verteld dat diens moeder
het steeds als een manco had aangevoeld, dat Ray-
mond, hoewel hoogleraar, nog nooit op TV was geweest. Onbegrijpelijk en teleurstellend voor het oude
mens.

Meneer, wij hebben u op TV gezien! Onstuimig
waren ze roepend naar hem toe komen lopen op de
speelplaats terwijl hij er toezicht stond te houden. De
directeur had iedere leerkracht twee uren toezicht
toebedacht per wcck. Als één van de oudsten had hij
zijn voorkeur mogen bekend maken. Liever geen ref-
tertoezicht op de middag, nee. Wel tijdens de speeltij-
den, buiten, eerder dan in de inkomhal, maar deze
moest hij er toch ook bijnemen. Hallo, waar gaan jullie naar toe jongens? Naar boven, meneer. Naar bo-

ven? Niks naar boven. Tijdens de speeltijd mogen er geen leerlingen zonder begeleiding in de klaslokalen of gangen vertoeven. Maar het is zo koud buiten, meneer! Komaan, kerels, hop, de buitenlucht in, binnen moet je al genoeg zitten. 's Morgens en 's middags voor de aanvang van de lessen stond hij buiten. Er moest ook toezicht zijn bij de twee ingangen van het uitgestrekte domein, bij het sportterrein, de fietsenrekken om het laten leeglopen van banden, ontvreemden van snelbinders en gadgets, en ook wraaknemingen middels beschadigingen of gewoon vandalisme te voorkomen. Het viel zelden voor, om de twee jaar wel eens, maar de dader werd altijd gauw ontmaskerd. Voorkomen is beter dan genezen, was één van de leuzen en wijsheden die de directeur op bordjes had laten schilderen en overal in de gebouwen had laten ophangen. 'Studeren is als roeien tegen stroom: zodra men ophoudt drijft men terug – Chinees spreekwoord'. 'Herhalingen zijn het geheim van het welslagen'. De verspreide paviljoens en de twee hoofdgebouwen, de vijver en het grasveld er rond, met grote struiken, dikke beuken en kastanjelaars, eisten extra aandacht. Op een keer ziet hij hoe eentje zich opzettelijk achterover in de vijver laat vallen onder luid gejoel en gebrul. Een gedurfde frats, een kleine vrolijke heldendaad. Kom eens hier jij. Wel man? Wat is dat voor vreemd gedrag? Ik viel, meneer, ik gleed uit. Wawawawawa staan de anderen nu in een duwende en trekkende massa rond hen opzettelijk hysterisch te lachen, dijenkletsend. Zo, je gleed uit, bijgevolg was je tot bij de vijver gegaan en dus heb je tegen het reglement in de speelplaats verlaten. Dit kost je een strafstudie natuurlijk. Allez, meneer, ik

kan er toch niets aan doen dat ik uitgleed. Veront-
waardigd schudt de snaak het hoofd, alsof hij protesteert tegen een oneerlijke bejegening. Als u uitglijdt
meneer, dan krijgt u toch ook geen straf!? Hoe is jouw
naam? Pieter. Je achternaam! Hij mompelt hem doelbewust onverstaanbaar. Spreek eens duidelijk, jongen. Jansegers, roept hij. Klas? 2D. *Meneer*, voegt
Henk eraan toe. *Meneer*, bootst de knaap hem na op
identieke toon. Breng mij, wanneer er gebeld wordt,
je agenda. Waarom meneer? Druipend en stinkend
naar zwarte modder en kroos staat Pieter Jansegers
voor hem. Henk krijgt een dubbele aanvechting, lachen om de situatie, maar dan moet hij consequent de
strafstudie laten vallen, of verder tegen de leerling in-
gaan. Instinctief reageert hij tussen de twee mogelijkheden in. Hij glimlacht en zegt kalm: dat weet je best.
Breng dus je agenda bij het belsein naar mij. Hij over-
weegt de jongen in de plaats van een uur strafstudie
een opstel te laten maken over het gebeuren. We zullen zien wat we kunnen doen, zegt hij tegen de knaap
die door klasgenoten omstuwd wordt en al meelacht
en druipnat enkele van hen probeert te omhelzen.

Het toezicht bij de toiletten heeft ook zo zijn speciale facetten. De lavatory oefent altijd een onweerstaan-
bare aantrekkingskracht uit op een aantal leerlingen.
Het zijn haast altijd dezelfde vaste klanten die er opgemerkt worden. De leerkracht die toezicht houdt
moet ze er echt uit wegjagen, of ze blijven er plakken.
Soms staan ze er kouwelijk te keuvelen. Bij de meisjes
staat er steevast eentje tegen de deur te wachten waar
haar vriendin achter schuilgaat. Alsof ze ook dàn niet
even zonder elkaars nabijheid kunnen. Bij de jongens
is het een spelletje van te proberen een nietsvermoe-

dende op te sluiten. Of anders de kranen opendraaien en met de vinger de aldus verwekte waterstraal naar elkaar toe te persen zodat de vloer er één grote plas is, met slijkplekken erin. Hoe men ze er ook wegjaagt, zodra men even de rug keert zijn ze er terug. Als vliegen lijken ze op de urinegeur af te komen. Als hij in de deuropening komt kijken, haasten ze zich als bij toeval naar een pissoir of naar een toilet. Zoals in elke school ontbreekt doelbewust een spiegel in de toiletruimte. Anders zijn ze er helemaal niet meer weg te branden. En maar kammen en spiegelen. Eén van die vele puberiteiten, zoals collega Vranken dit noemt.

20

Eerste dag van weer een nieuw schooljaar. Op de speelplaats worden de klassen gevormd. De jongens slungeliger dan twee maanden daarvoor. Onverwacht zware stemgeluiden van sommigen. Anderen leken altijd maar even klein en kinderlijk te blijven. Gek, die enorme verschillen. Ze maakten van die bende een kakelbont gezelschap. Lachwekkend plomp konden ze eruit zien of aandoenlijk teer en schichtig. Met onbegrijpelijk lang uitgegroeide armen en benen. Ineens die grote schoenmaten. De eerste haarsnit. De eerste make-up bij die roze poppen van meisjes. Nieuwe twaalfjarige, dertienjarige nymfjes met onschuldige grote ogen. Of met slinks schietende blikken om zich heen loerend, met de eerste sensualiteit erin. De eerste drift, de nog raadselachtige onbekende. Het stoer doen en het fijnzinnige. Het bedaarde van sommigen in contrast met het onbeheerste van anderen. Wat een rijkheid, deze rijkdom aan jeugd. Al dat jonge waarin soms iets opflitste dat hem de adem benam. Een goddelijk mooi kind, een efebe van een knaap. Een natuurlijke beauty van onwaarschijnlijke lichtheid, efemeer. Ze voelden zijn peilende blikken, de meisjes met hun spiksplinternieuwe pas verworven borstjes. Ze keken niet beseffend terug naar hem, niet begrijpend. Was er iets aan de hand met hen? Of werden ze ten onrechte van iets verdacht? Die nieuwe, daar, die onbekende. Hij kuierde langs het groepje, zijn handen op de rug. Allemaal nieuw en vers hier? glimlachte hij. Ze knikten bedeesd of onzeker of vrank, giechelend of afwachtend zonder meer.

Vers? vroeg er eentje brutaal. Toch niet oudbakken? plaagde hij. Een paar stootten elkaar aan. U bent oud, wij niet, flapte een er uit. Wat?! deed hij verbaasd, ik oud, ik jongeman, oud? Ze lachten. Hoe oud bent u dan meneer? Zes jaar ouder dan jullie. Gelach, spot. Dan zou u dus negentien jaar zijn, meneer? Hij is zeker dubbel zo oud probeerde er een. Kinderen kunnen geen leeftijd schatten. Hij lachte. Van welke school kom jij? Van de gemeentelijke basisschool nummer eenendertig. En jij? Van Sinte Agnes, meneer. Nu richtte hij zijn vraag tot de fee die daar zo licht en harmonisch in korte shorts en een spannend teergeel T-shirtje stond. Van het meisjeslyceum. O? zei hij geïnteresseerd. Wij zijn in de vakantie verhuisd en daarom kom ik nu naar deze school. Tweede middelbaar? Ja.

Als me dat ooit eens te beurt mocht vallen, denkt hij, zo'n kind voor me te laten poseren. Soms haalde de hunkering bijna de bovenhand.

O, meneer, ik hou zo van u. Ze sloeg onverwacht haar slanke armen om zijn nek en legde haar hoofd tegen zijn borst. Hij klopte haar geruststellend op de rug. Haar ranke lijf trilde als een libelle. Zij hief haar engelachtig gelaat naar hem en kuste hem onhandig op de mond. De warmte van het jonge meisjeslichaam drong door in zijn buik, zijn keel, zijn borst. Haar fluwelen adem streelde zijn zintuigen als een onbekend en toch van ergens bekend parfum alsof hij al veel langer haar bestaan had opgevangen. Al jaren eerder. In een andere tijd. Hij slikte en probeerde verward iets te bedenken. Iets veiligs, iets... waar ze veilig zouden zijn, waar zij beschut was en hij beschermd. Samen

135

afgeschermd. Ik hou zo van u, 's nachts in mijn bed kan ik niet meer slapen, in de klas ook denk ik alleen maar aan u. Ze hijgde zo, dat hij bang was dat ze zou gaan huilen of luid smeken... er was iets met hem bezig dat hij niet kende, nooit had ervaren. Hij was iemand anders! Dat kind, die ragfijne fee was in hem overgegaan, in hem binnengedrongen, had zich van hem meester gemaakt, zich vastklampend aan hem. Hij probeerde haar de sterkte te geven die ze zo hard nodig had, de tedere tegemoetkoming waar ze op wachtte, naar snakte. Liefde was hier het andere woord voor. Hij kon niets anders doen dan haar tegen zich aandrukken, haar zachtjes wiegend, kalmerend, hoopte hij. Kalmeren, Henk, beheersen. Zijn onuitgesproken woorden hadden geen effect. De trance die hen in de greep hield week niet, ze leken naar iets op te stijgen, te vervluchtigen. Dit was zo teder, zo teer dat hij geen woord kon uitbrengen. Meneer... Het klonk zo fijn dat hij tranen in de ogen kreeg. Meneer... fluisterde ze. Sabrina... engel. O... meneer. Het klonk schuchter, zacht jammerend als van een lammetje. Ze perste zich tegen hem, ze leek om hem heen te groeien als een wingerd, ze was overal, over hem, aan hem, tegen hem, in hem en toen hij zijn penis zwaar voelde worden en snel zwellen en duwend een uitweg voelde zoeken doemde angst en dan verdriet op. Nu bevond hij zich op een richel van de allerhoogste berg. Alles moest nu, kon nu op dit unieke moment. Hij was een god en het meisje zijn godin, oneindig boven alles verheven. Alles was in het niet verzonken, alleen hij en Sabrina, deze leerlingfee van veertien jaar bleven over. Zijn ademhaling was stilgevallen, dat wist hij achteraf zeker. Hij voelde alleen haar jonge borsten bewegen terwijl hij het meisje zachtjes in zijn armen wiegde, schommelde... Hé, Sabrina... hé... fluisterde hij, kijk eens op... Ze hief haar hoofd op, haar blauwgroene ogen met de lange wimpers smekend op zijn gezicht gericht alsof ze een verlossende zin afwachtte. Houdt u ook van mij? fluisterde ze. Haar onderlip begon te trillen en ze snikte met het hoofd tegen zijn borst. Hij streelde het golvende blonde haar, en gaf bemoedigende klopjes in de holte van haar lenden. Hij streek even vederlicht over haar ronde billen en zei alsof hij haar wilde wekken: Hé, Sabrina... Ben je d'er nog? Zij lachte door haar tranen en perste zich een paar keer met haar armen tegen hem aan. Hij pakte haar kameraadschappelijk bij de schouders en hield haar een beetje van zich af en bekeek haar opgewekt glimlachend. Je bent me er eentje, hoor, maar een lieve. U ook, zei ze en lachte. De betovering was verbroken, het gevaar geweken. Zal u dit aan niemand zeggen? vroeg ze stilletjes. Nee, dat blijft ons geheim zei hij overtuigend. En jij ook niet, Sabrina? Ze schudde ontkennend het hoofd. Haar kleine oorbelletjes schitterden en toen ze met haar slanke handen over zijn borst wreef als om de stof van zijn geruit hemd te onderzoeken, er even door afgeleid, telde hij zes ringetjes. Aan elk van haar polsen tingelden twee grote koperen armbanden. Niemand zal dit ooit te weten komen, fluisterde ze, en u blijft toch van mij, hier. Ze duwde haar wijsvinger in de halsopening van haar bloesje op haar borstbeen. Toen trok ze een van haar ringetjes uit en probeerde het over zijn pink te schuiven. Het geraakte niet ver maar ze bleef er naar kijken. Het is te klein, stelde ze vast, maar bewaar het altijd als aandenken van mij... Hij kreeg een krop in de keel en zei schor: Sabrina, je bent een schat. Maar we moeten nu gaan. Wat ga je thuis aan je ouders vertellen? Ik ga ze wijsmaken dat ik met de leraar en andere leerlingen nog wat op orde heb gezet in de bibliotheek, zei ze brutaal en zelfverzekerd, en dat is toch een beetje waar, want daar zijn we toch... Ze stonden midden tussen de kasten. Voor niemand zichtbaar. Hij vroeg zich af of er niemand in de buurt was geweest die hun misschien wel had kunnen horen. Maar dit was onwaarschijnlijk, want stappen galmden altijd versterkt door de gangen. Ook van gymschoenen: die piepten op de geboende tegels. Dat deden sommige leerlingen dan ook opzettelijk, dat laten sjirpen van hun sportschoenen. Zij pakte zijn handen en drukte op elk een zoen. Hij nam haar rechterhand en gaf haar met een speelse buiging een handkus. Sabrina lachte vrolijk, alsof de tijd gewoon zijn loop vervolgde. Het godinnetje slingerde haar opzichtige, kleurige tas over haar schouder. Dag... Het klonk of er nog iets op ging volgen. Hij legde zijn turquoise zomerjasje over zijn gebruinde armen en wachtte even. Hij haalde een paar keer diep adem. Les risques du métier, dacht hij en verliet de school door de achteringang. Twee of drie koude jenevers zouden het worden in de straat tegenover de school. In zijn linkerbroekzak betastte hij het dunne ringetje.

21

Ontliecht. Zo voelde hij zich toen hij de school bui-
tenging. Hij keek nog even om, als bij een afscheid
voor lang, en merkte dat ook Bob hem stond na te kijken. De mannen zagen elkaar nu afstandelijk maar ze
zwaaiden van ver met de wetenschap van vriendschap en verbondenheid. Ik zwaai, jij zwaait, hij
zwaait, wij zwaaien. Iets waardoor hij zich gewillig
had aangetrokken gevoeld, was opnieuw als een opluchting van hem afgevallen. Aangetrokken worden
en zelf afstoten. Zelf aantrekken en afgestoten worden. In de rug voelde hij de school als een levend dier.
Een ademend voorwerp, een veelkoppig ding. De
voorafbeelding van de gemeenschap, ingewikkelde
combinatie van de meest verschillende factoren, com-
ponenten. Volwassenen, kinderen, gestalten, karak-
ters, specialiteiten van breinen, handen. Onderwij-
zend personeel, werkpersoneel. Plantrekkers, show-
girls, wroeters, dikkenekken, onverschilligen. Richt-
lijnen, verordeningen, tucht, wetten, sancties, straf-
fen, beloningen, ruimten, situaties, losse elementen,
objecten, subjecten, beweging, stemmen, massa-ge-
joel, licht en donker en galmen. Een zo gediversifieerd
en complex mechanisme als een scholengemeenschap
bestaat nergens anders. Slechts het leger vertoont enige gelijkenis. Maar de diversiteit is veel kleiner. De
psychische wereld is er minder gevoelig en genuan-
ceerd. Er zijn geen kinderen, er is geen idealisme tot
leren, onderwijzen, opvoeden. Alleszins anders. Het
leger is morbide. En toch liggen beide dicht bij elkaar.
Het leger, vervolg op de jeugd, op de school, op het

prille. De uitbouw ervan. De boosaardigheid die men op school probeert aan banden te leggen wordt in deze andere wereld met efficiency gecultiveerd. Hij verwondert zich dat hij over dit verband nooit dieper had nagedacht. Hij had die twee altijd als tegengestelden beschouwd. Het constructieve en het destructieve. Nu ziet hij dat ze alletwee beide zijn. En dat hij mee een uitvoerder is geweest. En goedbedoelende manipulator. Vreemd hoe men een loopbaan lang een geïsoleerd beeld van zijn eigen activiteiten heeft. En koestert. Onbewust. Of bewust. Beide. Kent u mij? Ja, ik ken u ook niet.

Er staat een fikse wind en krachtig gebouwde wolken snellen voort. Windkracht zes, mogelijk zeven. Aan zee is het nu ruig op het strand en de promenade. In de scholen heerst dan hoogspanning. Bij veel wind lijken ze allemaal waanzinnig geworden. Het gejoel en gegil op de speelplaats is wilder en veel luider dan anders, het spel agressiever, baldadiger. Het rennen roekeloos, het plagen en vechten onbesuisder. Allemaal wilde beestjes. Ze zien de eenzame leraar niet eens staan, lopen hem bof tegen het lijf, hollen gewoon meteen weer weg. Hé, jij daar kom eens terug! Zeg eens kereltje, zou je wel eens beter uit je doppen willen kijken en je tenminste verontschuldigen? Schrijf maar eens een opstel over dit voorval, vijf bladzijden zonder marge. Morgen aan mij afgeven bij het belsein van acht uur twintig. Waarom meneer? Denk daar maar eens over na in je opstel. De dag daarop zoekt hij hem met de ogen in de wriemelende massa. Met gekromde wijsvinger gebaart hij de leerling dat hij moet komen. Wel, man? Heb jij mij niets te geven? O ja 'k was 't vergeten meneer. Hij vist zijn strafwerk uit zijn boekentas. In orde, zegt Elst. En kijk nu in 't vervolg beter uit, anders gebeurt er nog eens een ongeluk, bezorg je een schoolgenoot een schedelbreuk.

Henk had met de jaren een afdoende bescherming ontwikkeld tegen het omver gelopen worden door onoplettend en opgewonden wild. Als hij door de gangen ging of over de speelplaats hield hij de rechtervuist voor zich uitgestoken op maaghoogte. Hij is immers niet erg groot. Wie anders mogelijk met geweld tegen hem zou opgebotst zijn stuitte nu op de buffer van zijn uitgestoken vuist. Truc bedacht uit drang tot zelfbehoud.

Stappend schiet het hem te binnen dat hij niet heeft gekeken of het bordje er nog hing dat hij ooit had gemaakt en opgehangen in een van de klaslokalen waar hij kwam: Le maître d' école perd souvent son temps, d'enseigner les paresseux et les négligents. Het is nu nog het begin van het schooljaar dat hij vroeger telkens opnieuw met geestdrift aanvatte. Hij hield van de aparte sfeer, van nieuwe schriften waarin de eerste beschreven bladzijden opvallend verzorgd waren vergeleken bij die van de weken daarna. De nieuwe kaften, tegenwoordig helaas allemaal van die zenuwachtig makende fantasiekaften met cartoons, drukke tekeningen en foto's. De nieuwe pennen, etiketten, spons, bordvod, dozen krijt, zijn eigen verse agenda. Alles zo beloftevol. En alleman vol goede voornemens. Eigenlijk was hij nooit met tegenzin een nieuw schooljaar begonnen, keek er op het einde van de vakantie zelfs naar uit.

Dag meneer Elst. Hij kijkt verrast. Een man van een jaar of vijfendertig steekt zijn hand naar hem uit.

Kent u mij nog? Vandamme Karel. In 1A en 2B heb ik nog van u les gekregen. Denkend aan Holland zie ik brede rivieren traag door oneindig laagland gaan, rijen ondenkbaar ijle populieren als hoge pluimen aan den einder staan, en in de geweldige ruimte verzoeken, de boerderijen verspreid door het land, boomgroepen, dorpen, geknotte torens, kerken en olmen in een groots verband, de lucht hangt er laag en de zon wordt er langzaam in grijze, veelkleurige dampen gesmoord, en in alle gewesten wordt de stem van het water gevreesd en gehoord. Nooit is dit gedicht uit mijn geheugen gegaan, merkwaardig, niet? Hoe gaat het met u? Geeft u nog steeds les? Nee, zegt Elst, gelukkig maar. Hé, en ik dacht, zoals de meeste klasgenoten dat u een gelukkig leraar was! Wie van u les heeft gekregen is u nooit vergeten. Soms zie ik op café nog wel oude schoolkameraden en dan komt u recta ter sprake. Henk Elst glimlacht en straalt voldoening uit. Hij voelt zijn ogen vochtiger en warmer worden. Het vleit het ego, het doet goed dit te horen, zegt hij. Want hoe je als onderwijzer of als leraar ook je best doet om persoonlijkheid over te dragen, nooit weet je of je bent geslaagd in de dubbele opdracht: opvoeden en ontwikkelen. Juister gezegd, de leerstof adequaat bijbrengen. Zijn ex-leerling zegt dat het om meer dan een dubbele opdracht gaat. Een vierdubbele of een zesdubbele. Léren leren, onder andere. Enthousiasme bijbrengen, nieuwsgierigheid opwekken. Dat kon u. Ook voor kunst. Daarin verschilde u van de andere leraren. Uw lessen-met-lichtbeelden over Rubens, Rembrandt, Breughel, Van Gogh... stelt u zich dat voor in deze tijd! Ondenkbaar. En lessen over cabaret, met behulp van grammofoonplaten op die ver-

142

schrikkelijke platenspeler van de school die te traag draaide en zo'n schor luidsprekertje in het kofferdeksel had. Weet u dat nog? Eigenlijk was het een marteling voor het gehoor, maar we waren wel verplicht om stil te zijn en aandachtig te luisteren om Wim Sonneveld, Toon Hermans en anderen te kunnen verstaan.

Henk is perplex. Hij ziet Vandamme Karel nu heel ver terug in de tijd. Toen al een lange jongen. Hij glimlacht en zegt: ik zie u nu opnieuw voor ogen, zoals in die tijd. Op de rij aan het raam, tweede of derde bank. Het duurt wel even, maar met enige vertraging komen sommige beelden toch nog terug. Straks zal ik het allemaal scherper zien.

Vandamme Karel wijst met een wijd gebaar naar een slanke jonge dame die er met een zak van een bekende modezaak aankomt. Mijn vrouw, kent u haar ook nog? Heeft maar één jaar bij u gezeten. De Vijlder Hilde. Nee, ik zou ze niet herkend hebben, en u ook niet, zonder introductie. Als leerlingen van dertien waren jullie trekken helemaal anders, natuurlijk. Van kind tot dertiger is een metamorfose. Dat zal wel! Nou, het was leuk nog eens met u te kunnen praten. Zijn vrouw knikt vriendelijk. Hij ziet het paar zich schuin van hem verwijderen. Wie zaten er nog in dat jaar... Van de Walle, ja. Die is nu hoofddealer van een bekend automerk. Elke week staat er een hele bladzijde publiciteit waar zijn naam in vette koppen op prijkt, in de kranten. Kon net mee in de lessen, maar was een doorbijter, en ambitieus, toen al. Die zal wel lachen om het salaris en het pensioentje van zijn oudleraar. Maar niet alleen Van de Walle. In gedachten passeren ze de revue, al diegenen van wie hij weet dat ze het ver hebben gebracht. Niet noodzakelijk waren zij zijn fijnste leerlingen. De anonimi zijn vaak de beste of de aardigste. Eerste en enige schoolreünie van oud-leerlingen in zijn leven. Hij is opgewekt, speciaal uitgerust, naar de kapper geweest. Om een frisse indruk te maken. Hij is benieuwd wie er zal zijn, wie niet, Yves Zetterman was er en groette hem vluchtig zoals hij de meesten groette. Was nochtans een fijne jongen, knappe leerling, een beetje elitair van afkomst en nu één van de drie topmensen van het grootste bankimperium van dit land. Maakt macht echt ongevoelig? Superioriteitsgevoel wellicht. Eén benadert hem grinnikend. Hij voorvoelt leedvermaak. U bent wél oud geworden, maar de tijd staat niet stil, nietwaar. Staat u daar nog steeds voor dat bord te gesticuleren en nerveus over en weer te lopen? Ja, dat was een van zijn enerverende eigenschappen. Hij voelt geen bitterheid. Hij zag zichzelf altijd als een weldoener, een promotor, maar merkt dat niet iedereen hetzelfde over hem denkt. Zij zijn hun weg gegaan. Zelfstandig. Achten zich niet schatplichtig. Niet meer dan normaal.

Op een vrijdagavond in een klein Spaans restaurant komt een jonge vrouw naar hen toe. Waar is de tijd dat ik bij u zat. Kent u mij nog? Elly Vogels. Even denken... Dat moet zo ongeveer twintig jaar geleden zijn. Zoiets ja, bevestigt ze, u zit er niet ver naast. En wat doet u tegenwoordig voor beroep? Dat intrigeert hem altijd. Ik ben tolk bij de Europese Gemeenschap, en, meneer Elst, dit dank ik eigenlijk grotendeels aan u, want u heeft mij de passie voor het Engels meegegeven, plus de solide basiskennis en correcte uitspraak die mijn studie hebben bepaald. Hij moest ook nu een lichte krop wegslikken. Kom, kom, de verdienste is de úwe, zei hij bescheiden, maar dat u mij nog wilt kennen is heel aardig van u. Er zijn er ook anderen, die doen of ze mij niet meer kennen. U was soms erg veeleisend, en vaak snel geprikkeld, maar we hebben ook dikwijls gelachen in uw lessen. Uw sarcastische uitspraken, en de cynische zinnen die u ons te ontleden gaf! Sommige leerlingen vonden ze weleens sadistisch en konden er niet mee lachen. Maar dat waren uitzonderingen. U kon eigenlijk heerlijk acteren, een beetje raar, daar hebben wij om gegniffeld. Voor de meisjes was u misschien wel wat toegeeflijker, maar wij waren dan ook veel braver dan de jongens. Soms was uw man eigenlijk te zacht voor de leerlingen. En dan weer eens te streng. Inge grijnst: dat kan ik me voorstellen. De ene keer te zot, de andere te bot. Elly glimlacht bevestigend. Mijn man roept me, wijst ze en wenst hun smakelijk eten. Hij kijkt haar na en ziet haar plaats nemen bij een gedistingeerd ogend heerschap dat hem beleefd toeknikt.

Ooit, zegt Henk peinzend, zou ik ze allemaal eens willen terugzien, al mijn vroegere leerlingen van de lagere en de middelbare school. Ieder met zijn naamlabel opgespeld en een schoolfoto uit die tijd, want anders is het ondoenlijk. Jammer dat ikzelf niet al die foto's heb bewaard die er van alle klassen werden gemaakt. Gek, maar eigenlijk zijn ze en waren ze als mijn eigen kinderen. En nu is er een leegte in hun plaats gekomen, sinds ik niet langer voor de klas sta. Hij neemt zich voor stevig aan het schilderen te gaan. Als er een tentoonstelling zou inzitten zou hij wellicht een paar werken kunnen verkopen.

De bries heeft hij nu vanachter, symbolisch alsof die hem voortbeweegt. Een kleine eenzame zeilboot met één man aan boord. Voortgeblazen. Welwillend ondergaat hij die zachte dwang. Een natuurlijke, gedwongen voortbewegen. Ergens heen. Waarheen? Hij is nog onwetend. Wacht af. Benieuwd misschien naar verandering. Vage hunker, zwalpeling die hij is. Verder en verder drijft hij af met de eb van de dag. Laat zich gaan. Het eerste stemmige pleintje waar hij belandt daar besluit hij te stranden. Dit hier ken ik eigenlijk niet. Vreemd hoe men een leven lang in een stad woont en in deze buurt wel is geweest maar nooit heeft vertoefd. Het bevrijd zijn van een vast doel of van een dwingende noodzaak laat zwalpen en zwerven toe. Dat wat hij altijd heeft nagestreefd toen hij zoveel jonger was. Toen kon het niet, in zijn beste jaren. Maar in die tijd heeft men het te druk om te beseffen dat men bezig is zijn beste jaren op te consumeren. Kortstondig verbruiker van beste jaren. Voor men het weet zijn ze – zo snel – opgebruikt, uitgeput. Geen meer voorradig. Van dan af de mokerslag van de bewustwording. En van dan af: wat nog dunnetjes rest van de overmoed, de kracht, de intensiteit, voorzichtig schrapen, behoedzaam uitsmeren. Spaarzaam. We doen het er nog mee. Tenzij een injectie van wilde kracht, van flitsende vernieuwing een her-starten zou verwekken van wat sluimert en al vermeend dood was. Langzamer kuiert hij nu. Met open vizier, bereid, ontvankelijk over het plein. Drie cafés. Hij wil niet opzichtig dralen, stapt recht af op Taverne The Club. Een anonieme naam. Een grote plantenrijke veranda die vrijpostig de helft van het trottoir inneemt. Achter de pergola-uitbouw, de donkere taver-

146

ne met gele lampekapjes. Hij strekt de rug, draagt als een jongeling met één vinger door het litsje zijn zomerjasje over de schouder. Zijn geruite hemdboord staat wijd open. Hij voelt zijn gezondheid. De eigen heldere ogen. De deur staat open. Hij twijfelt tussen de pergolaveranda met uitzicht op buiten en deelname aan de zon en de eigenlijke grot van het café. Net op de grens van de twee. De twilightzone. In de verandapergola zijn twee tafeltjes bezet, in het eigenlijke café ook twee. Aan de bar staan vier mannen van middelbare leeftijd te kletsen. Op de grens waar hij plaats neemt, staat tegenover het zijne nog een tafeltje. Symmetrisch geplaatst. De vrouw die er zit had hij eerst nauwelijks bemerkt. Zodra hij op zijn stoel zit begint hij te verkennen. De mannen aan de bar zijn vrolijk. De twee paartjes in de plantenveranda intiem converserend. De cafébaas kalm drukdoend en tappend. Kwinkslag, luide roep. Dikke zwaarberingde hand bovenop de tapkraan. Dikke stem. Dik corpus. Twee gouden tanden. Ontspannen sfeer. Henks verkennende blik kruist die van de vrouw vlak tegenover hem aan het symmetrisch opgestelde tafeltje. Tegenbeeld van het zijne en van zichzelf. Zij ontwijkt terstond en opvallend zijn zoekend zien. Haar kin geheven en met opgetrokken wenkbrauwen kijkt ze naar het pleintje. Zes middelgrote kastanjebomen. Rolschaatsende kinderen. Ze heeft dicht, golvend haar tot in de nek, zacht acajou. Tussen kastanje, bruin en rood in. Een onwezenlijke kleur, maar gezond glanzend. Ze draagt een dun okergestreept truitje met grote V-uitsnijding. Haar gelaatstrekken zijn onopvallend maar regelmatig. Een tikkeltje banaal. Proletarisch, denkt hij en vindt zichzelf bestraffend gemeen. Hij corrigeert zijn evaluatie: een volkse schoonheid. De rust wordt verbroken door een druk kind. Een knaap van een jaar of negen komt expansief uit de toiletten en kruipt duwend tegen de vrouw aan en begint opdringerig te vragen. Zij probeert hem zwakjes van zich af te duwen en geeft hem geld. Het kind begint meteen als een gek de speelautomaat te bespelen en schuddend te bewerken. Henk schat in: hysterisch ventje en rotverwend. Opvallend traag, of misschien lusteloos, drinkt de vrouw van haar pils, onafgebroken naar buiten starend. Alsof ze van het joch niet wil weten. Met een hand strijkt ze langs haar halflange haar en vandaar in haar nek, waar haar hand blijft rusten. Ze steunt met de elleboog op het tafeltje. Met de andere hand kantelt ze een vierkant bierviltje mechanisch op zijn rand. Er ligt geen uit-drukking op haar gezicht. Hij probeert zijn blikken even op iets anders te vestigen. Ik kijk te onbeschei-den, mogelijk is dit aanstootgevend. Als verdiept draait hij met de gekartelde bodem van zijn bierglas cirkeltjes op het bierviltje. Een poosje kijkt hij niet op. De balie is rozerood verlicht. Als altijd. Hij vergelijkt zijn horloge met de moderne digitale klok. Volle na-middag. Vier uur en zonlicht buiten. Kunstlicht in de halve grot. Hij zou tegelijk het jubelende zonlicht en de lokkende vicieuze sfeer van het café naar zich toe willen halen. Op zulke momenten welt er iets van heel diep en ver in hem op. Het huilen van de wolf. De keel gestrekt, de muil smachtend omhoog. Een schrijnend aanvoelen van snel vlietende levensmomenten, van al voorbije kansen, van afscheid, gemis, hoop. Het licht buiten is dat van nog niet echt tanende zon. Maar de eerste schaduwen verschijnen. Straks zal zacht het dimmen van de namiddag beginnen. Licht veranderen van de temperatuur en de luchtdruk. Onopvallend, maar observeerbaar, voelbaar. Het ondergáán als primaire kennisneming van de betrekkelijkheid. De verborgen huilende wolf in ons roert zich. Het onzichtbare oerdier. Het melancholisch beest. Alleen op de wereld. Hoort u mij... hoort u mij... over... Versperring van het beeld. Het kind werpt zich voor haar, in haar blikveld en verbreekt haar naar buiten staren. Eist agressief haar aandacht. Zij legt een hand op zijn schouder en mompelt iets. Hij eist, klopt hard op haar pols. Zij geeft hem weer geldstukken. Het kind voelt hem kijken. Het werpt hem een ijzige blik toe. Ogen van een onmens in wording, weet hij. Hoe kan ik dat weten? Wat is weten en wat is vergissen? Falen en juistzijn. Verkeerd zijn en toch tegelijk juist kan ook. De onbegrensdheid van de mogelijkheden is angstaanjagend.

22

De rolschaatsen van de kinderen buiten zijn van dik geel plastiek. De zijne vroeger van ijzer, zwaar. Winchester stond er met zwierige letters in geperst. De fabriek die geweren en revolvers maakt, wist hij uit de cowboyboeken en stripverhalen. Daarin kwamen Winchesters voor. Rolschaatsers maakten kletterend lawaai vroeger, ijzer op steen. Als kind van zeven jaar probeerde hij de magische werking van de onzichtbare kogellagers binnenin te begrijpen. Werd het hem ooit uitgelegd?

Zijn opa was alleen met boeken begaan, over techniek heeft die hem nooit iets verteld. Maar geen van zijn vriendjes had zo'n fijne opa. Enkele van hen gingen wel eens met hem mee naar de openbare bibliotheek, 's woensdagsmiddags. Een plechtig gebeuren waar iets rijks van uitging. Iets beters dan van het dagelijkse leven. En iets geheimzinnigs. Een prachtige belofte hield elke vrije woensdagmiddag in. Nieuwsgierig koos hij titels uit de catalogus, hopend dat het er goeie waren. Sommige koos hij omdat ze aanlokkelijk waren, andere omwille van de auteur, die altijd goed bleek te zijn. Tien moesten ze er op hun verlanglijstje zetten, want de beste zouden natuurlijk al uitgeleend zijn. Toch was er wel één van de begeerde titels verkrijgbaar. Twee boeken mochten ze tegelijk meenemen. In de klas konden ze ook nog wel een boekje lenen. Dat waren er meestal van die dunne. Over de natuur. Over beken, sloten, plassen. Over vogels in onze landschappen. Roofdieren in onze streken. Maar geen echte leesboeken. Daar moest je voor naar de gemeentebibliotheek. Het meest opvallende aan deze bibliotheek was dat het er stil was, dat er bijna niet werd gesproken. Dat alle boekeruggen zwart waren met de letter en het nummer erop in gouddruk. Dat de bedienden een uitgedoofde indruk maakten. Stilzwijgend sloegen ze een stempel op je kaart. Voortdurend hoorde je het ploffend dichtklappen van boeken.

Eigenlijk was de bibliotheek een somber oud gebouw. Altijd rook het er stoffig en muf. Een beetje zoals de school. Maar buiten was de zon, was de wind. Waren andere mensen. Paardekarren ratelend over de straatkeien als ze leeg waren, dokkerend als ze geladen waren. Zolang ze adem hadden hielden de jongens hollend de luid tingende tram bij. Ze zagen hoe de bestuurder hun zijlingse blikken toewierp en zijn snelheid opdreef zoveel hij kon. Bij de wijkbioscoop blijven ze staan. De foto's van de actietaferelen doen Henk dromen. Hij is vlug opgenomen in een andere wereld. Daar kan hij urenlang in verblijven. Verstrooid vertoeft hij intussen op de echte wereld. Ook in de klas. Eens had zijn onderwijzer hem in de nek gegrepen en hem met de neus op zijn leerboek geduwd. Hier is het te doen! Een beetje te hard en te diep duwde hij en Henkie had een bloedneus. De onderwijzer schrok er zelf van. Hé, wat nu, heb ik je te diep geduwd? Ga maar vlug naar 't kraantje. Met koud water is het zo gedaan.

Henk Elst zit en observeert. De vrouw voelt het en kijkt terug. Ze vertrekt de mond tot een glimlach. Wijs geworden en alle hoop opgegeven, gist hij.

Wanneer hij opstaat en naar de toiletten gaat, doet hij dat vief. Energiek en beslist. Hij wil geen oude man lijken en is het dus niet. In het voorbijgaan beziet hij zichzelf in de spiegelwand naast de bar. De open boord van zijn sporthemd verleent hem iets jeugdigs, weet hij. Hij wast het zweet van zijn handpalmen, kijkt of zijn ooghoeken schoon zijn. Eens zat hij op een banket schuin tegenover een voornaam heerschap die de hele tijd een dik stuk snot aan zijn neus had. De andere kant opkijken, de vent mijden. Maar als door een magneet werden de blikken van de anderen steeds weer aangetrokken door de snotbobbel van de niets-vermoedende. Henk at niets meer, verliet onder luide vragen van zijn gezel de tafel en ging aan de bar een dubbele cognac achteroverslaan. De sfeer wijzigde zich met het inslaan van deze maaggranaat. Het neuspeuteren in de klassen bestrijdt hij kordaat, maakte er snijdende opmerkingen over. Jacobs let op dat je geen gat door je neus boort. Doe de grote schoonmaak thuis op de wc en niet in gezelschap. Wij hoeven jouw onsmakelijke vertoning niet. Rood hoofd of verontwaardiging van de boorder. De vrouw kijkt hem aan als hij terugkomt. Hij gaat nu aan de balie staan. Nonchalant, een voet op de tip steunend achter zijn andere been. Hij geeft zijn rechte houding iets soepels. Het kind beveelt iets en de vrouw staat op en komt naar de balie vlak in zijn buurt. Zij vraagt een zakje chips voor het joch en een droog bierworstje. Ze schudt het haar achteruit. Ze is kennelijk trots op dat haar. Hij vraagt: Mag ik u iets aanbieden? Mompelt ze opzettelijk om haar antwoord in het midden te la-ten of hem te verplichten zich naar haar toe te buigen? Hij gaat iets dichter bij haar staan. Een halve pas, zij-lings. Hij denkt aan zijn adem, neemt een kauwgum, biedt haar het pakje aan. Ze schudt van neen. Hoe heet u? vraagt hij wanneer ze haar verse pils naar de mond brengt. Gezondheid, zegt ze. Betty. En jij? vraagt ze koel. Dick zegt hij. Ik zou liever zitten, zegt zij, van staan word je moe. Zij neemt haar handtas en gaat op een simililederen bank tegen de muur zitten. Instinctief volgt hij haar. Mag ik? Ze knikt lusteloos. Ineens staat het joch vijandig naast hem. Ik moet geld hebben! Ja maar Jean... Het kind stampt éénmaal zo hard op de vloer dat de cafébaas roept: Jean, kalm aan hoor!

De metalen ogen steken Henk. Een ventje dat dringend getemd moet worden voor het te laat is en als een gevaar voor zijn medemens door het leven trekt, een spoor van verwoesting achter zich latend. Er is zo al genoeg mensenbeschadiging. Dat intomen, inbinden, redelijk leren zijn moest natuurlijk al van de eerste levensmaanden worden bijgebracht. Aan de hand van haarfijn aanvoelen, waarnemen en instinctieve conclusies vormt het karakter van een kind zichzelf heel vroeg. Aan dit ventje is kennelijk niet gewerkt, het is tot een wild wezen uitgegroeid. Met die hebben ze nog wat voor de boeg. Een ongenietbare, genadeloze egoïst wordt het kreng. Is hij al. Moeder duidelijk te slap om zichzelf kordaat tegen hem op te stellen en stand te houden, niet te bezwijken onder zijn driftbuien, zijn geweld. Hij smijt met voorwerpen, dreigt met opgeheven hand. Zij geeft toe, plooit voor hem.

Wat doe jij? vraagt ze. Wat bedoelt ze? Ik geniet van deze mooie dag, van het zomerweer. Nee, voor de kost. Wie ben je?

Op vermomming en een pasklaar antwoord is hij niet voorbereid. Ikke... vergeet het maar, het heeft toch geen belang? Ik wou alleen maar weten wie en wat je bent. Hij noemt zijn voornaam opnieuw. Dat weet ik al, zegt ze neutraal, maar wat... Het onderwijs zal hij verzwijgen als de pest, het is nooit en nergens populair. Jeugdsportmonitor, zegt hij.

Het kind heeft de meest gevoelloze blik die hij ooit zag. IJs. Arduin. Hij klauwt zijn hand als een klem om haar pols en begint die om te wringen. Au! zegt ze met een pijnlijke grimas. Doe me geen pijn, je maakt alsmaar blauwe plekken. Laat me met rust. De knaap gaat door, knijpt in het witte vlees van haar pols. Laat me met rust. Ze duwt hem zacht van zich weg. Geld! beveelt hij.

Henk bekijkt hem indringend met zijn vroegere opvoedersblik. Lang, zonder een woord, heft alleen de kin waarschuwend. Ga weg, jij, snauwt het kind dat nu op een oude boze dwerg lijkt. Een lilliputter, gedrochtelijk, stuurs. Hij pakt zijn moeders handtas en trekt die open, maar zij grist hem even snel uit zijn klauwen, diept er een aantal geldstukken uit op en stopt ze hem in de hand. Het ventje werpt hem een verachtelijke blik toe en stapt op de speelkasten af. Dan lijkt hij in een gevecht met ze gewikkeld, wil ze onderwerpen aan zijn wil, ze bedwingen. Dit is geen spelen meer, hij is woedend.

Nu kunnen wij weer even praten, zegt Henk. Hij glimlacht, probeerde zijn woorden niet te sarcastisch te laten klinken. Zij werpt een vluchtige blik opzij, naar het kind. Zij vergewist zich er van of hij verdiept is in zijn spel, zijn aanvallen. Daarna kijkt ze even naar buiten, naar de dikke bomen op het pleintje en de spelende kinderen. Hij is zo moeilijk. Het klinkt zwak en mat. Hij maakt mij moe, put mij uit, expres, hij heeft er plezier in. En hij is zo sterk als een vent, hij slaat mij.

Je moet er kordaat tegen zijn, Betty. Als de volwassene de teugels niet in handen heeft en het kind ment, dan zal het kind dit doen met de volwassene. Een kind kan een dwingeland zijn, maar alleen als je 't hem toestaat. Zij knikt. Ik weet het. Natuurlijk. Haar slanke vingers spelen met het bierviltje. Ze kijkt hem melancholisch aan. Hij kijkt vorsend in haar ogen en die worden anders. Speels of licht spottend. Hij is niet zeker. Zij fascineert hem. Hij maakt het V-teken naar de patron die volop aan 't tappen is en in een oogwenk staan de grote bierglazen er. Nog drieëndertigers hier, zegt hij waarderend. Drieëndertig centiliterglazen zie je niet veel meer tegenwoordig. Hij vervloekt zijn woorden. Komt over alsof hij met het verleden leeft. Hij leunt schuin achterover, borst wat vooruit. Een jongensachtige houding. Zij drinkt haar glas in een reeks trage teugen half leeg voor ze het nauwgezet geometrisch in het midden van de cirkel op het bierviltje plaatst. Hij heeft geen vader, zegt ze. Hij heeft nooit het gezag van een man gekend. Ik ook niet, lacht hij stil. Zij glimlacht. Haar lippen trekken. Ze zijn sensueel. Maar de lippen van een vrouw zijn zelden niet mooi. Ze beweegt haast niet, ze zit er als een beeld. Soms laat ze haar blik over de omgeving gaan. Haar ogen beschrijven de omtrek van het café en wat daar binnen die omtrek aanwezig is. Ze begint bij de muur recht tegenover haar. Bruine houten lambrizering en een metalen reclamebord van Stout. Vandaar naar de pergola die als overgang naar de veranda-uitbouw fungeert. De verticale witte stijlen en het horizontale balkenrooster er bovenop. De klimplanten zijn echt. Geen plastiek. De terrasveranda kan deels opengeschoven worden. De bar is halfduister. Hier

hangt de sfeer van confidenties, contacten of van beschermd, afgeschermd bezondigen aan oneerbaar
drinken, buitenissig laven. Zelfgenoegzaamheid, di-
recte tevredenheid. Ontspan u. De rituele voorwerpen stralen doeltreffend hun magie uit. De espresso-
machine, de glazen boiler voor de soepjes, de thee, de
flessenrijkheid, de esthetische kranen. Wereld van
glas, spiegels, chroom, koper, kleurlichten, dure
houtsoorten. Glinstering, distinctie van een bepaald
soort. Utilitair, zoals alle distinctie. Decor.

23

Blijf je bij 't zelfde? vraagt hij terwijl hij zich al half
naar de bar heeft gekeerd Ja, zegt ze. Hij doet teken.
Zodra de nieuwe pilsen er aan komen, brengen ze de
hoge glazen met de gouden rand aan de lippen. Hij
slaat haar geïnteresseerd gade. Zij weet er weg mee.
Bij zichzelf voelt hij weldadigheid en zelfverzekerd-
heid groeien. De zucht naar avontuur is herboren.
Zijn antennes zijn gericht. Hij ontvangt allerlei signalen. De meeste zijn van geringe orde maar ze worden
scherper en nemen in volume toe. Haar verholen
glimlachen heeft iets bitters. Er is recent iets gebeurd.
Nee, het is haar hele leven dat er achter schuil gaat.
Ze staat langoureus op, strijkt haar rok glad over haar
dijen en billen. Bij het strekken van haar rug zwellen
haar borsten. Hij kijkt ongeremd naar de plekken
waar hij haar tepels meent te zien zitten. Ze stapt dei-
nend naar de toiletten. Zijn blik en starre glimlach begeleiden haar. Dan merkt hij dat de cafébaas hem in
de gaten houdt op een eigenaardige manier. Ze komt
terug rakelings langs de balie en de staande en op
krukken zittende venten. Hij vraagt zich af wat dit betekent. Maar dan gaat ze elegant op de bank voor
hem zitten. Ze betast haar kastanje-roodachtig haar.
Waarom bekijk je me zo? vraagt ze familiair. Haar
stem klinkt warmer. Omdat je een mooie vrouw bent.
Vind je dat? Hij zegt: Ik vind dat niet alleen, het is zo.
Hij is nu lichtdronken en merkt dat zij dat ook is. Ze
kijkt weer naar buiten. De zon beschijnt nog slechts
een klein deel van de gevels en drie van de bomen.

Twee uur en zes glazen later is hij naast haar gaan zitten. Mag toch? Mmm, doet ze met een gewillige intonatie. Wat denk je nu allemaal? Ik denk aan jou, zegt hij. Ik zou meer van je willen weten. En kennen. Stilte. Hij voelt begeerte in hem. Dit is een prachtig type. Haar lichaam ruikt mals, zoeterig. De zachte geur bereikt hem als een tover. Je ruikt lekker, Betty. Ik heb me nochtans niet geparfumeerd, zegt ze lichtelijk verwonderd. Hij snuift langzaam en lang in haar hals. Ze laat hem begaan en legt haar hand op de zijne die op het plastic van de muurbank steunt, naast haar dij. Je haar geurt ook zo fijn, opwindend zou ik zeggen. Vertel eens wat over de genaamde Betty, die naast mij zit. Waarom ben je zo geïnteresseerd in mijn persoonlijke leven? Je boeit me, zegt hij. Je hebt een speciale charme, iets sierlijks en... langoureus. Wat wil dat zeggen, langoureus? Hun dijen liggen tegen elkaar aan en zijn bovenarm raakt de hare licht, met opzet, en hij beweegt hem bijna onmerkbaar. Een vederlicht strelen. Langoureus? Dat is smachtend, sensueel. Ze bestudeert zijn gelaatsuitdrukking. Ze wacht even. Ik ben eigenlijk danseres. Dat wist ik, zegt hij nadrukkelijk, je hebt een soepel lichaam. Ik heb vijf jaar elke avond met een jazzballet op de scene meegedraaid. In alle variététheaters die er nog bestaan ben ik opgetreden, maar verschillende zijn er al dichtgegaan voor enkele jaren. In parochiezalen, gemeentelijke feestzalen, op openbare feesten, zelfs in bejaardentehuizen, overal ben ik opgetreden. Ik kan ook ander ballet dansen, maar niet zo goed als jazzballet, dat is mijn specialiteit. Ik zat bij een fantastische groep en ik was er gelukkig. En toen, op een dag kwam hij. En ik, ik liet me aan de haak slaan als een stomme vis. Ik moest bij hem komen wonen. Ik was smoor. En ik heb een zwak karakter. Aan jou mag ik dat wel vertellen, want ik voel dat jij te vertrouwen bent en een goed karakter hebt. Hij had een slecht karakter, maar dat wist ik toen nog niet. Ik verliet de dansgroep, want ik was weg van hem en geloofde in al de grote toekomstplannen die hij maakte. Eerst maakten we een reis van een maand naar Tenerife. Ik was verkocht. Nadien zou ik tappen in zijn bar. We zouden trouwen. Naïeveling die ik was. In zijn bar tapte ik maar enkele weken. Het was een soort voorbereidende stage, maar dat had ik niet door. En toen begon het. Hij was een pooier. Nog trouwens. Toen ik zwanger was van weet ik wie ben ik bont en blauw geslagen omdat ik hèm daar niet wilde wegmaken. Ze doet teken met haar kin in de richting van de speelkasten. Hij wou me niet meer en liet me ook nadien gerust. Op die manier ben ik eigenlijk nogal gemakkelijk uit zijn klauwen geraakt, en ben ik in die van hem daar terechtgekomen. Hij is nu de bruut in huis. Henk zegt ongelovig: Maar dat... dat is toch te gek, dat kan toch niet. Jij laat je dicteren, de wet voorschrijven door een kind? Een kind? zegt ze bitter, dat is een volwassene van elf jaar, al lijkt hij jonger. Hij is door en door slecht en hij tiranniseert mij alle dagen. Ik mag van hem niet uit werken gaan, weet je dat? Ik moet voortdurend voor hem beschikbaar zijn. Opeisbaar, vult Henk aan, ter beschikking staan, en jij vindt dat goed, vindt dat normaal. Tegen hem kun je niet op. O nee? zegt Henk met groeiende scherpte. Zijn oude bekwaamheid, zijn ervaring met het vak van opvoeden leeft nog alert in hem. Nee, zegt zij, niemand. Op school ook niet. Nergens. In geen enkele.

Ze hebben me gezegd: doe die maar naar een instelling voor bijzonder onderwijs, voor karaktergestoorden. Natuurlijk, beaamt Henk bemoedigend. Natuurlijk? vraagt ze schamper. Hij weet dat en heeft me al verzekerd dat hij wraak op me zal nemen. Die houden ze daar geen week. Dan smeert ie 'em en komt terug naar huis. Die klimt gewoon binnen. Als een dief. Weet je dat hij bijna niet slaapt? Ik weet niet wanneer hij slaapt, maar nooit meer dan een uur of twee drie per nacht. En daarmee wacht hij tot ik uitgeput ben en zelf ben ingedommeld. Die blijft wakker tot ik slaap, houdt mij eerst opzettelijk laat wakker, hij weet dat ik veel slaap nodig heb. Acht uur of ik sleep mij voort de hele dag daarop. Als een vod. Zij stopt, staart door Henk heen, lijkt het. Ze is nu wat meer onder invloed. Ze glimlacht losser.

Flitsen van periodes dat hij op voet van oorlog verkeerde op school komen bij hem op. Psychische gevechten, guerrilla, beslecht met geraffineerde psychologie en een arsenaal mogelijkheden en ervaring, met agressieve kordaatheid. Soms te opvliegend en onbeheerst, te hard. Soms eindigde de tweestrijd in een sportief gewonnen geven van de tegenpartij. Soms in een onbehaaglijke gewapende vrede waar hij van hoopte dat die niet opnieuw door een kleine aanleiding in een conflict zou uitbarsten. Soms sloot hij vrede middels een akkoord. De twee partijen deden water in hun wijn. Maar altijd bleef hij op zijn qui vive. De leerlingen gingen, schoven op of verdwenen uit de school. Hij bleef, zijn stellingen moesten overeind blijven, een kwestie van leven of dood voor hem. Soms word ik wakker 's nachts en zit die bij mijn bed met een mes naar mij te loeren. Andere nachten is hij weer lief en kruipt bij mij onder de dekens, ligt tegen mij aan. Hij streelt mij, onderzoekt mij. De volgende morgen krijgt hij dan weer een onverklaarbare woedeaanval, zou hij mij doodsteken met zijn ogen. Maar hij heeft mij nodig. Nu toch nog. Voorlopig. Voor het geld. Hij heeft mijn steungeld nodig. Nu is hij mijn pooier.

Henk luistert ernstig. Zijn ademhaling is zwaarder. Hij schraapt de keel: Hij moet bij je weg, ofwel een temmer tegenover zich in huis krijgen. Zij schokschoudert. Ik wil niet voor de tweede keer een temmer in huis. Aan de vorige bewaar ik te slechte herinneringen. Met mannen weet je nooit, ze zijn gevaarlijk en onbetrouwbaar. En hij daar, hij zou me komen afmaken als ik hem liet opsluiten in een instelling. En dan zouden ze hem eerst nog moeten komen halen, want ik zou hem er niet naartoe krijgen. Heb je dan geen familie? waagt hij. Alleen twee nichtjes en een neef, die mij niet willen kennen. Echt, hij zou ontsnappen, bij mij inklimmen en me doodsteken. Hij is tot alles in staat. Heb je me goed gehoord? Tot alles. Henk voelt de verschrikkelijke, verpletterende machteloosheid van haar, maar ook van zichzelf. Zij is hulpeloos. Een hopeloze situatie. Maar, zegt ze traag, als ik opnieuw bij een danstroupe kon komen zou ik niet aarzelen. Ik zou hem zeggen dat ik er ook meer mee kan verdienen. En dan zou hij mij toch niet de hele tijd achter mijn veren kunnen zitten. Eén van de mannen aan de bar roept een kwinkslag in haar richting. Zij verstaan niet wat, glimlachen instinctief. Van de baas, zegt deze, terwijl hij twee nieuwe pilsen neerplant op hun tafeltje.

Je bent zo mooi, Betty, zegt Henk. Ik zou je willen

zien, je tekenen en schilderen. Zij kijkt verwonderd op. Ik heb meer dan één model gehad hoor. Waterverfschilderijen. Eerst zien en dan geloven. Jij kan me van alles wijsmaken. Venten zeggen zoveel. Hij wil haar geruststellen en overtuigen met deze verzekering: Ik kan er toch enkele van tonen? Poseren? Kan toch niet met die daar. Die raak ik geen ogenblik kwijt. Die wil niet van mijn zij wijken. Hij is toch schoolplichtig? zegt Henk. Naar school? Die wil niet naar school. Maar bij ontoelaatbare afwezigheid wordt de politie of het gerecht toch op de hoogte gesteld door de school zegt hij, er is toch leerplicht? Tweemaal hebben ze dat gedaan, ja. Dan is hij enkele dagen teruggegaan en dan bleef hij weer thuis. De school liet het er bij, ze waren hem liever kwijt dan rijk. Maar zo groeit die op als een wilde, verwijt Henk. Zij zucht heel lang en blijkt geïrriteerd. Ze staat op en neemt haar handtas mee. Hij denkt: ze is ongesteld. Maar ze zegt: Niet voor jou hoor, schat, maar voor hem, anders pakt hij al het geld eruit. Ongelovig en dronken volgt hij haar met de ogen, ziet hoe ze bij het terugkomen van de WC wordt tegengehouden door haar kindvent. Ze geeft twee of drie bankbriefjes. De losprijs voor het voortzetten van het gesprek.

Hoe heet jij nu weer? lacht ze. Hij noemt zijn naam. O, ja, Dick. Heb jij als sportmonitor geen kennissen of relaties bij een dansgezelschap hier of daar? Kun jij mij niet aan een contractje helpen, Dick? Of een proef? Ik moet wel dringend gaan turnen en oefenen thuis maar ik ben snel opnieuw in conditie. Er moeten hooguit twee kilo's af. Ook dat kan snel. Ik ben niet dikkig aangelegd en ze vliegen eraf als ik echt wil. Als het moet op twee, drie dagen.

Het is allang volslagen donker. Van het uur hebben ze geen besef meer. Ze hebben toasts met kaas en ham gegeten en hard gekookte eieren met een minislaatje. Jean laaft zich al geruime tijd aan de laatavondfilms op de TV in de hoek naast de bar. Er zijn nu andere klanten in The Club. Die van 's middags zijn verdwenen nadat die welke van het werk hierheen afzakten, verschenen. Bedienden, kleine ambtenaren, een handelsreiziger. De handelsreiziger drinkt alleen cola. Tegen middernacht komt hij Betty halen voor een dans op muziek die losjes aanvangt, gejaagder en zwoeler wordt en wild en bijna verbeest uitloopt. Het duurt eindeloos. Henk voelt iets van bedreigdheid als hij die twee bezig ziet. Dit is een rituele paring, een symbolische sexdaad. De kerel is van haar leeftijd. Hij zegt al dansend geregeld dingen en dan lachen ze samen. De muziek gaat ongemerkt over in weer een volgend nummer. Henk is er zeker van dat hijzelf geen slecht figuur zou slaan met haar, daar waar ze nu schokt en wervelt, buigt en golft. Wel niet zo lang, maar hij is nu overmoedig. Een man. En hij is jaloers als ze weer bij hem komt zitten. Nu met mij, zegt het joch, en trekt haar protesterend mee naar de jukebox. Hij presteert een jive waar Henk van opkijkt. Haar Jean stoot haar van zich weg en rukt haar naar zich toe, de tanden op elkaar geklemd. Hij is een kop kleiner dan zij, maar hij is haar leider, de baas. Henks kaakspieren bewegen nerveus. Hij moet de opwelling bedwingen om op het joch toe te stappen, diens bovenarm in de tang van zijn linkerhand te nemen en hem op de bank te drukken, hem toebijtend: Daar is jouw plaats, zit! zit! en als j'er af komt zul je voor de eerste keer in je leven voelen wat een paar oorvijgen

163

zoal kunnen zijn, rotjong, godverdomme. En hou je kak in of ik sla die pestkop van jou eraf, hoor je dat! Hij voelt zich opgespannen als een stalen kruisboog. Zijn hart slaat de cadans van woede en haat. Van wraakzucht. Hij is verblind, onderscheidt niets meer, zit er als versteend, alsof hij vreest in stukken uiteen te breken bij de minste beweging of af te gaan als een kruisboog en onherroepelijk onheil te stichten. Uren lijken voorbij te gaan voor zij terugkomt en zich licht bezweet op de bank laat vallen, tegen hem aan. Zij slaat hem zijlings gade. Wat is er? Dick? Er is toch niets, hè? Ik heb toch niets verkeerds gedaan hè? Schat?... Voel eens, zegt ze en neemt zijn hand en legt die in de V-uitsnijding van haar blouse vlak boven haar borsten waar hij de golvende aanzet van voelt. Ik zweet hè, zegt ze. Kom, we drinken er nog een. Doe je nog mee? Hij kijkt haar aan, zijn woede en opvliegendheid ebben weg. Hij kan zijn glimlach niet tegenhouden. En ineens zoent ze hem wild en snel achtereen op de lippen. Dan begint ze een lange tongkus. Haar tanden bijten tikkend in zijn tanden. Zijn erectie is er snel en zij schijnt dit te vermoeden. Ze laat haar vingertoppen over zijn gulp gaan en volgt de schuine dikte omhoog. Ze steekt een vinger tussen twee knoopsgaten in zijn hemd en streelt in het haar rond zijn navel. Kunnen we niet ergens heengaan? Zijn stem is dik. Betty schudt van nee. 't Is hier goed, zegt ze.

Om vier uur wordt het stilaan licht buiten. Alleen van de na middernacht binnengekomen klanten zijn er nog enkelen over. Betty en hij zijn de enigen die er al zijn van vier uur in de namiddag. Van toen de zon nog scheen. Dat was twaalf uur geleden. De cafébaas geeuwt luid en lang. We gaan de barak sluiten, mensen, zegt hij gemoedelijk. Zwijmelend betaalt Henk een fikse rekening, hij staat erop alles op zich te nemen. Buiten zalft de verse, onbedorven lucht van de nieuwe dageraad hun huid en longen.

Doe me nu een plezier, zegt Betty, ga de andere kant op. Please. Ze drukt ragfijn. haar lippen op die van hem, likt heel zacht met haar tong tussen zijn lippen en zegt dan: Je weet nu waar je me kan vinden. Hij ziet ze wegstappen. Jean houdt haar bij de linker bovenarm vast, hij leidt haar. Als Henk zich heeft afgewend en onbeslist in de tegenovergestelde richting wegwandelt hoort hij dat het tikken van haar hoge hakken onregelmatig is. Haar onzekere pas galmt door de nog stille straat waar twee vroege arbeiders voorovergebogen voorbijfietsen als surrealistische beelden.

24

Foto's of tekeningen? had ze gevraagd. Haar stem klonk positief, bijna opgewekt: Vijfhonderd frank per uur, maar iets anders dan poseren moet u zich niet inbeelden. Dat begrijp ik, in orde, zei hij door de telefoon en toen ze vroeg waar, had hij het adres opgegeven van de kamer die hij tijdelijk had gehuurd. Zo was het begonnen.

Nu keurt hij er de tekening van de vorige keer dat Nathalie poseerde en reikt de armen er naar uit, recht voor zich naar de ezel, zodat het model tussen zijn armen lijkt te zitten, echt, overtuigend. Dit wordt een geïnspireerd waterverfschilderij. Hij is door zichzelf verrast. Wie had dit twee, drie jaar daarvoor kunnen vermoeden, dat de uitgeperste citroen die hij was, herboren werd. De determinerende factoren zijnde dit ambacht en de niet uitgebluste belangstelling voor de vrouw, de boeiendste tegenpool in het leven. Wel weet hij nu anders dan vroeger, dat mannen en vrouwen oneindig van elkaar verschillen, veel meer dan hij ooit vermoedde. Dat besef je niet eens half wanneer je jong bent. Naarmate men ouder wordt stelt men vast dat zij eigenlijk twee vijandige soorten zijn. In jeugd en jongzijn liggen de kenmerken dicht bij elkaar. Later blijken ze fundamenteel verschillend. Als Maan en Mars. Geen vergelijking mogelijk, men kan geen appelen met citroenen vergelijken, geen water met vuur. Een leven lang maakt een mens zich hierover begoochelingen. Pas als het aankomstlint in zicht komt weet men het, mijmerde hij. Half hardop vermaande hij zich: alleen positief denken nu.

Bij het raam staand wachtte hij op haar witte Renaultje dat dwars over het wijde kruispunt naar zijn atelier toe zou komen. Zijn kunstenaarskamer lag nauwelijks twee meter boven het straatniveau – want beneden was een souterrain – en herinnerde hem daarom aan het vrijgezellenhol in Kopenhagen. Denemarken, daar wilde hij nog wel eens naartoe.

Het Renaultje arriveerde en stopte vlak voor de straatdeur. Hij hoorde de handrem aantrekken. Nathalie stapte uit en wiebelde met de opgestoken vingers als groet. Ze schoof haar zonnebril tot boven het voorhoofd en kwam naar binnen. Dit was de vierde keer. Ze droeg een zachtroze knoopjesjurk en dunne witte sandaaltjes met fijne riempjes.

Hoe en waar? Blijf zo maar even staan, zei hij, maak alleen een paar knoopjes meer los van boven en onder. OK, zei ze. Ze deed er twee van boven los en toen ze zich vooroverboog om er nog enkele van haar rok meer los te maken, zag hij dat ze geen bh aanhad. Ga eens bij het raam staan met je handen achter het hoofd gekruist en de benen gespreid zoals voor een modefoto. Zo ja. Een klassieke pose, zei ze. Neem anders zelf eens een pose aan. Ze lachte. Een schommel heb je hier niet. Dat is ook zo'n klassieke. Ze speurde om zich heen en ging naar het wandrek waar de verrekijker lag waarmee hij soms de schepen in de dokken bekeek. Ze pakte hem en hield hem achterstevoren voor haar ogen. Gulliver in Brobdingnag, zei ze. Dat boek heb ik wel tien keer gelezen als kind, maar later op school kwam er van lezen niet veel meer terecht. Jammer, zegt hij en kan zich nog net bedwingen om zich bloot te geven. Ga eens te paard op de stoel zitten, je armen boven de rugleuning, je kin op de handen. Ze legde de kijker op de vensterbank en ging zitten zoals hij het wenste. Hij schetste. Deze pose sloeg beter aan. Bijna was hij over het onderwijs begonnen, had zich nog net weten in te houden. Zij nam de kijker opnieuw en tuurde er mee naar hem terwijl ze de ellebogen op de rugleuning steunde.

Dat is een fascinerende compositie! zei hij blij verrast. Hij zag haar mond tot een glimlach plooien. De titel is: Meisje met de kijker, zei hij. Alleen haar mond zag hij, de rest van haar gezicht was grotendeels bedekt door haar handen die de kijker vasthielden. Blijf zo zitten, zei hij, dat was een uitstekend idee van je. Dit ging een originele aquarel worden, met die dijen, armen en wijdopen decolleté. De loerder beloerd, mompelde ze. Hij lachte om haar vondst: Jij bent dus de loerder want jij hanteert de kijker!

Nee, want in plaats van bird watcher ben jij women watcher. Je kijkt graag naar vrouwen, niet? Ik beken, ik beken, je hoeft er mij niet voor op de rooster te leggen. Hij was bang dat ze iets over oude mannen zou zeggen. Vind jij het poseren alleen al zo boeiend? Hij knikte bevestigend en tekende met gespannen aandacht verder. Dit zou mooi worden. Zo met telkens iets spitsvondigs erbij moest hij er meer maken. Hij vroeg of ze nog meer zulke originele poses wist te verzinnen. Ze zweeg nadenkend achter haar kijker, de ogen waarschijnlijk dicht. Roerloos in een houding zowel van meditatie als van rust. Heb jij hier niets om te drinken? Wat verkies je, vroeg hij, koffie uit de thermoskan, een biertje of wijn. Nou, zie je wel, zei ze: Vrouw met wijnglas. Glimlachend nam hij een literfles die net was aangesproken en een glas. Jijzelf niet? Nee, als ik werk mag ik mijn zintuigen niet belasten.

168

Hij reikte haar een vol glas aan. Dit is inderdaad ook een mooie compositie, vrouw met wijnglas en bloem, bijvoorbeeld, zo een enkele naast je in een smal hoog vaasje. En met een achtergrond van wolken of van een stereoketen. Bloem met bloem en wijn. Hij speelde met een variatie op de titel. Misschien was hij haar braafste klant. Bij welke mannen of misschien vrouwen zou ze nog poseren? Hij vermoedde meer dan wat ze hier deed. Poseer je zo alle dagen, Nathalie? Ze antwoordde niet meteen. Het is mijn beroep, dus poseer ik zoveel ik kan, maar niet noodzakelijk alle dagen. Ik kan je wel vertellen dat ik bij sommige artiesten – ze legde een veelbetekenende intonatie in het woord – geen tweede keer kom. Ik ben niet preuts maar... En jij? vertel jij eens, ben ik nu jouw enige model? Ja, voorlopig toch. Ik wil een reeks met jou maken, een vijftal. Vrouw met kijker, vrouw met wijnglas en bloem worden er al twee van. De eerste pose misschien ook. Naakt op stoel, beter: Nathalie op stoel. Ze nam de kijker die ze had neergelegd weer op nadat ze opnieuw van de wijn had gedronken. Dit is wel vermoeiend hoor, met de kijker. Nog even, dan mag ie weg. Ik ben bijna klaar. De loerder beloerd, hernam ze. Je ziet natúúrlijk graag jonge vrouwen. Hij zei: Vooral als ze zo aantrekkelijk zijn als jij. Jaja! deed ze. Dat klonk langgerekt. Als je wilt mag je morgen meekomen met mij. Dan zijn er opnamen voor een korte videofilm, wél porno. Aan het geneuk en het gevrij doe ik niet mee. Ik kom alleen maar een keer of zo bloot in beeld als extra figurant. Degene die de seance op touw zet is een vriendje van me, de jongen die de eerste keer mee met mij naar hier is gekomen. Dat stelt mij altijd veilig voor mogelijke onaangenaamheden. Ze weten dat er een lijfwacht in de buurt is. Die organiseert zo nu en dan zo'n setting, brengt de meisjes mee en de stier. Henk houdt op met tekenen. Ze zegt: je betaalt mij mijn uurloon en brengt een paar flessen mee voor de crew en de acteurs. Enfin, ik zal het straks vragen, je bent de kunstenaar bij wie ik poseer. Je kan misschien ook een figurantenrol krijgen, zoals ik. Ze barst in een lach uit: de man met de kijker!

In een oud huis gingen ze binnen door een majestueuze gang met art-deco-ruiten in de dubbele deur en in de waaiers van de hoge ramen. Je moet in ruil een aquarel maken voor de titrage, had ze gezegd. Ik heb hem verzekerd dat je erg goed en mooi schildert. Da's een faire deal, knikte hij opgewekt en nam zijn platte aluminiumkoffer met zijn benodigdheden mee.

Hou je maar goed op de achtergrond, laat je niet zien, zei de vriend neerbuigend. OK, zei Henk, ik maak dus een schets. De man knikte. Maar je zult snel moeten zijn, want hier gaan ze niet stil voor jou zitten poseren zoals Nathalie. De cameraman was zijn toestel aan 't instellen, regelde tevens de belichting of gaf daartoe aanwijzingen aan zijn assistent. Nathalie moest even als proefobject in 't midden van de kamer gaan staan voor het scherp stellen van de lens en de belichting. OK, Nathalie, verdwijn nu maar en kom straks dus binnen zoals afgesproken wanneer ik teken doe. Ze ging. Tegen de donkere muur, achter de batterij lampen, stond Henk met tekenblok en zacht potlood. Action! riep het vriendje van Nathalie. Een jong uitziend meisje met een dikke bril kwam de kamer binnen samen met een kerel met een rare sikkebaard en een ouderwets brilletje. Handenwrijvend zei hij:

Gaat u zitten, juffrouw en neem uw partituur en laat eens horen of u ze goed heeft ingestudeerd. Uit haar schooltas diepte zij een blokfluit, onbeschreven muziekbladen en de partituur op en legde alles op de tafel. De muziekleraar ging naast haar zitten. Bij de muur vlak naast hen stond een opengeklapte piano. De musicus zette de metronoom aan die op de tafel stond. Het meisje schoof met haar vinger over het blad en dreunde wat noten op. Ze deed even verbaasd toen de acteur intussen haar kontje streelde en kneedde en haar rok oplichtte. Ze begon al spoedig zweverig te zuchten en haar notenlezen stokte. Ga verder, ga verder, drong de muziekleraar aan en ze las hardop verder terwijl haar andere hand zijn gulp openritste en vervolgens zijn penis stijf maakte. Let u goed op het ritme van de metronoom, juffrouw, gebood de leraar streng. Zij bewoog haar hand op het opgelegde ritme en liet hem haar rok losmaken. Ze stond even recht zodat het kledingstuk op de grond viel, waarna ze er uit stapte. Ze had geen broekje aan en wiggelde haar kontje terwijl de man zijn hand langs achter tussen haar dijen werkte. O-o-o-o, kreunde ze. De -o is geen muzieknoot juffrouw, zei de man streng. Zij keek opzij en deed giechelend zijn brilletje af. Ze stelde verbaasd vast: U heeft geen echte baard, het is een valse. Ze trok hem van zijn kin. Waarom heeft u zich vermomd? Omdat ik de Boze Wolf ben, Roodkapje, gromde hij en drong in haar. Hij stootte op het ritme van de metronoom terwijl hij over haar muziekblad gebogen stond en hij haar truitje opstroopte en haar blote tietjes bespeelde. Toen ging de kamerdeur open en een dienstmeisje in kort zwart rokje en met een wit kanten kroontje op het hoofd, kwam binnen met een opdienblad met kopjes, koffie en koekjes. Oho! deed ze verrukt. Ze knipperde even met de ogen, zette het dienblad op de tafel en kleedde zich vlug uit. Ze mengde zich in de stoeipartij en de stier drukte haar achterover op de tafel en begon nu haar te neuken terwijl de leerlinge tegen de piano leunend masturbeerde. Op dat moment ging de deur weer open en *de loodgieter* kwam binnen. O, pardon, zei hij geschrokken, ik dacht dat ik na de kranen van de badkamer die van de keuken moest herstellen, maar ik vergiste me van deur, zie ik. Hij zette zijn gereedschapskist neer en ging goedkeurend brommend op de leerlinge af. Zij ritste zijn overal open en twee seconden later was de loodgieter haar aan 't neuken. Henk ademde onregelmatig. Dit was de eerste keer dat hij andere mensen in levenden lijve zag neuken. Hij schetste enkele oppervlakkige lijnen die de compositie bij de piano rudimentair weergaven. Hij zou de tekening achteraf wel maken! De loodgieter had het jonge meisje nu omgedraaid en nam haar langs achter. De camera rolde naderbij en zoomde in van verschillende kanten. Het meisje slaakte suggestieve kreetjes. Ze steunde zich verpakkend op de toetsen van de piano die bizarre klanken produceerde. U speelt vals juffrouw! riep de musicus, u moet beter uw best doen! Jaja! riep ze gehoorzaam, ik doe mijn best! Ik ook! riep de loodgieter, maar dit karweitje is nog niet geklaard hoor, eerst moet mijn soldeersel smelten. O, ik voel het al smelten, riep hij, o, wit gloeiend is het nu. Hij trok zich terug en ejaculeerde boven haar bilspleet. Op dat ogenblik hoorden ze bij de deur zeggen: Wie heeft die badkamer zo vies achtergelaten? Toen kwam Nathalie in badjas binnen en ze schrok zo hevig dat ze de

handen voor de mond sloeg en haar badjasje open-
viel. Verward stond ze er te trappelen en riep: O, on-
trouwe echtgenoot! Ze pakte de musicus bij het oor en
trok hem mee. En terwijl de leerling en de loodgieter
snel hun kleren pakten, hoorde men van buiten de kamer hartstochtelijke liefdeskreetjes. Cut! riep de regisseur.

De spots werden gedoofd. Niet langer in het schijn-
werperlicht gevangen en erdoor verblind, zag de
loodgieter Henk nu pas staan. Hééé, zei hij tegen het
meisje dat haar billen had schoongeveegd met tissues,
we hadden een speciale toeschouwer, zonder dat we
het wisten. Een die we kennen. Toen kwam de musicus nieuwsgierig binnen. Godverdomme, de Strik!...
die klootzak! Met jou heb ik eigenlijk nog een rekenin-
getje te vereffenen. Je kent me toch nog? Nee, zei
Henk rustig en schraapte de keel, ik zou niet weten
waar ik u van zou kennen. Ik heb ooit eens slaag van
jou gekregen en werd dan nog van school gestuurd
door jou, de Strik, verdomd, vijf bladzijden, tien bladzijden, nul, nul, buiten! Eruit! Jaja, en nu staat hij ons
hier te begluren en zich aan ons op te geilen. Hij heeft
zowaar een lat in zijn broek, snauwde het grietje dat
haar dikke bril had afgedaan. Ja, de Strik, hij is het
vast die mij en Annemie heeft laten wegsturen...
Henk probeerde kalmte en waardigheid uit te stralen:
ik heb u en ene Annemie niet van school laten verwijderen, ik zou niet weten om welke redenen. Om welke
redenen, hoor eens hoe mooi de schoolmeester het
zegt, om welke redenen, nou, ik zal het jou dan zeggen. Omdat wij geregeld op dezelfde middagen samen zogenaamd onwettig afwezig waren heeft *iemand*,
een schoolfrik, de jeugdpolitie ons laten volgen en zo

kwamen de dames en heren zedenbeschermers uit op krak hetzelfde als waar jij nu bij stond te kijken, omdat er toen ook een paar filmpjes werden gedraaid als daarnet. Henk schudde met overtuiging het hoofd: nee, daar had ik niets mee te zien. Dat heb ik pas achteraf vernomen, ik wist het niet eens! Ze slaakte een schril lachje. Hij wist het niet eens, maar het stond wel in de krant: minderjarige middelbare scholieren leenden zich voor pornofilms, en de Strik wist het niet! Kom nou, lul! Hij herinnerde zich vaag dat ze indertijd een individu hadden gepakt die jonge knapen en grietjes van hun school inhuurde voor zijn privéfilmpjes.

De musicus griste de portefeuille uit Henks binnenzak en haalde er een identiteitsbewijs uit. Hardop las hij naam en adres. Hé, geen stennes hier, Johnny, OK? zei het vriendje van Nathalie. De cameraman keek verstoord naar Henk en de assistent die de snoeren oprolde eveneens. Enne... checkjes zitten hier ook in, zei Johnny. Je bent ons kijkgeld verschuldigd, weet je. Henk zei: Ik moest een schets voor de titrage maken en waarom zouden we ons niet als volwassen mensen gedragen en samen een glas drinken. Daartoe heb ik toch deze flessen meegebracht, nee?! Hij forceerde een lachje en de anderen lachten koel mee, ze lachten hem uit. Goed, jongen, zei Johnny en sloeg hem hartelijk en keihard op de schouder. Henk zakte even door. De cameraman en zijn assistent pakten hun spullen onverdroten en gaven geen kik meer. Het vriendje van Nathalie pakte de vodkafles en zei sussend: Doen we, hier staan nog twee glazen, niet schoon maar 't zijn glazen. Hij goot ze boordevol en reikte er een aan Henk en een aan Johnny die hem kil in de ogen keek. Ze namen ieder een fikse teug en het meisje pakte een glas af en nam een flinke slok. En ik? gebaarde de regisseur terwijl hij de hand al uitstak en daarna op zijn beurt vodka achterover sloeg. Toen kwam Nathalie gekleed, gekamd en opgetut de kamer in. Ze keek niet begrijpend naar de starre groep. Ik lust ook wel een slok, zei ze en greep de vodkafles. Ze goot het lege glas vol. Ze dronk en toastte dan naar Henk. Zeg, scheelt er iets? Ze keek om zich heen. De loodgieter zei: Bij deze lul zat ik op school, een klootzakje en een smeerlapje. Nou, zei Henk, u bent in ieder geval één van de zeldzamen die zo'n negatieve herinnering aan mij bewaren. Het klonk meewarig. Denk jij dat echt? snauwde Johnny. Henk zei: Misschien had u pech of misschien was ik die keer te streng, ik herinner mij er niets van, ook uw naam niet. Luister, kwam Nathalie bitsig tussenbeide, ik vind dit hier bijzonder eng en ik wil er niets mee te maken hebben. Ze keek boos iedereen aan, pakte haar handtas en haastte zich naar buiten. Ze hoorden haar naaldhakken in de gang en dan de hoge voordeur die dichtviel.

Inge keek op haar horloge toen er werd gebeld. Terwijl ze naar de gang ging, zag ze dat de lucht ineens donker werd. Henk stond er tussen twee kerels en een meisje met een brutaal gezicht. Alle vier grijnsden ze, Henk ongemakkelijk. Ze hadden gedronken, zag ze. Thuis bezorgd, snauwde het grietje, hij wou meedoen in een pornofilmpje, hij hier, en hij wou mij neuken. En mij ook, piepte Johnny. Inge zweeg. Oud-leerlingen verduidelijkte Henk. Is er nog iets te betalen? vroeg Inge. Hij heeft al een checkje uitgeschreven en de taxi betaald, zei de loodgieter. Hij wees met de duim over de schouder naar de met draaiende motor wachtende taxi. Toen knalde een dubbele donderslag en bijna gelijktijdig begon het te stortregenen.

25

Op het middaguur ging Henk op zijn eentje aan de kleine keukentafel zitten. Hij nam twee sneetjes bruinbrood en sneed een balkje jonge kaas af. Een soldaatje, noemden de kinderen dat vroeger. Op het inpakpapier plakte nog het etiketje met het gewicht en de prijs erop. Terwijl hij het staafje in teerlingetjes sneed rekende hij uit welk bedrag dit beetje kaas vertegenwoordigde. Hij ergerde zich dat de levensduurte zulke schandalige proporties aannam.

Terwijl hij kauwde staarde hij mistroostig naar de eerste afgewaaide blaren die voorbij het keukenraam vlogen. De eerste dagen na het vernederend avontuur voelde hij zich gebroken en afgedankt. Als Inge er niet was... Meer dan ooit besefte hij welk een waardevolle vrouw hij had. Een vrouw met karakter en klasse. Een edel karakter. Zijn beste bondgenoot. Het luidruchtig tikkend keukenwekkertje irriteerde hem. Waarom hebben wij er geen geluidloos, vroeg hij zich af. Na de strik waar hij nietsvermoedend was ingelopen was hij enkele dagen niet naar zijn kleine atelier aan de haven gegaan. Een soort obsederende slagzin spookte steeds weer door zijn hoofd: Valstrik voor heer. Hij wist niet waar die vandaan kwam, maar hij bleef hem teisteren. Valstrik voor heer. Na een poos was hij dan drie dagen achter elkaar wel opnieuw naar zijn schildersflatje getrokken. Een beetje onzeker. Het was net of er in zijn leven ineens veel was veranderd. Van creativiteit was er niet veel sprake. Urenlang staarde hij naar het meisje met de kijker. De zachte binnenkant van haar gespreide dijen was haast tastbaar, lijfelijk weergegeven. Al het overige ook trouwens, haar open decolleté, het golvende haar, de kijker in die fijne handen van haar boven die uitdagende mond. Al moest hij nog veel bijkleuren, de aquarel was voor driekwart af. Hij aarzelde tussen verder inkleuren en zo laten. Het deels onvoltooide verleende het werk iets eigenaardigs. Een paar pogingen die hij ondernam om het schilderij verder af te maken verliepen niet zoals hij wenste en hij was bang dat hij het geslaagde kunstwerk door niet geïnspireerd te werken zou verknoeien. Aan een van de sandaaltjes was al wat verprutst.

Nathalie kwam niet meer en dat deed hem pijn. Na een week besloot hij de aquarellen die hij naar haar had gemaakt, op te bergen en een tijdlang niet naar zijn flatje terug te gaan. Al de hele week voelde Henk Elst zich een drenkeling die hulpeloos ergens op de oceaan drijft, wanhopig uitkijkend naar een schip, naar een reddingboot.

Hij stond op en slofte naar zijn studeerkamer. Zijn bureau dat hij niet vaak meer nodig had, had hij het jaar daarvoor in een hoek geschoven, van het raam weg, zodat daar nu meer plaats was om een schildersezel op te stellen. Zijn vroegere handboeken, lesvoorbereidingen en vakwoordenboeken had hij ondergebracht in de boekenkast voor derderangswerken die op de kleine zolder stond. Ernaast lag het kampeermateriaal. Daar lag ook de hengel die hij als ongevraagd afscheidscadeau van de collega's had gekregen. Hij die walgde van een pier en een spartelend visje verschrikkelijk treurig vond. Ze hadden de hengel twee keer uitgeprobeerd. Eerst met een blikken lokvisje, dan met een pluimpje. Je hebt mensen die een

178

lijntje uitgooien, een dutje doen in het gras, en als ze wakker worden hangen er drie vette vissen aan de haken. Op zoiets moest hij nooit hopen.

Uit de wandkast haalde hij de map met de tekeningen en aquarellen van Inge. Een voor een bekeek hij ze met kennersogen. Hij stalde de beste uit op de vloer, op zijn bureau en op de kasten. Inge. Toen nam hij een groot tekenblad en plakkaatverf. Hij koos een geschikte stijve borstel en ging aan het werk. In grote letters, geregeld van kleur verwisselend, schreef hij: Inge. Inge. Fee van mijn hart, Stralende ochtendster, Bloem met duizend blaadjes, Zomertover, Levensbron, Lentegeur, Voorjaarslicht, Herfstpracht, Avondzon, Witte hinde, Mijn beschermengel.

Hij voelde een schrijnende behoefte aan tederheid. Hij keek op zijn polshorloge en werd ongerust. Normaal moest ze al een uur thuis zijn. Hij die zelf nooit naar het uur keek, of zich zorgen maakte over zijn late thuiskomen, besefte nu hoe vaak Inge zich ongerust moest hebben gemaakt over haar pappenheimer.

Een kwartier later hoorde hij een auto voorrijden. Hij herkende het geluid van hun motor en de kenmerkende trap op het gaspedaal die Inge altijd nog gaf voor ze het contact afzette. Meteen voelde hij zich wat opgewekter. Hij daalde de trap af en verloor onderweg zijn rechter Japans sandaaltje. Verbaasd zag hij het paljasachtig alle treden aftuimelen tot het op de onderste bleef liggen. Alsof het daar op hem wachtte. Men zou nog in animisme gaan geloven, dacht hij.

Inge zuchtte luid terwijl ze deur achter zich dichtdrukte. Wat zijn de schoolberichten vandaag, vraagt hij. Weer van alles natuurlijk, zegt zij. Ze laat zich in een van de twee fauteuils neervallen. Deze morgen kregen we al meteen een snelle briefing in de speel-zaal. De hoofdonderwijzer kwam ons op het hart drukken dat Fredje nooit met iemand anders mag worden meegegeven dan met de vader of de moeder. Dat doen we natuurlijk nooit, maar goed. Ook niet als iemand zegt dat hij zijn oom is of zo. Het ventje is vorige week verkracht door een kerel die nog altijd op vrije voeten loopt, sinds het onderzoek en in afwachting van het proces, dat pas over een jaar zal voorkomen. Fredje zit er intussen verwezen bij in de klas. Zijn juffrouw begreep al niet waarom het kleutertje zo lusteloos en afwezig keek. Zijn verkrachter is al twee keer opnieuw opgemerkt in de buurt van de school, uitkijkend naar het ventje. Op beklag hierover bij de politie volgt machteloos schouderophalen. Ze kunnen niet overal tegelijk zijn, er is overbelasting en perso-neelstekort, ook daar. De vader had al met opgekropt verdriet en wanhoop tegen de directeur gezegd: Was ik sterk genoeg dan zou ik die rotzak wel zelf onder handen nemen.

De kinderjaren, de mooiste jaren van ons leven. Het leven in de korf zonder zorg. Je zou tegenwoordig bang zijn om kinderen op de wereld te zetten, zegt Inge. Je vraagt je bovendien af wat sommige mensen bezielt. Het braafste kind van mijn hele klas is Anneke. Ze is op school van kwart voor acht tot half zes. Moeder is directiesecretaresse, vader bediende. Het kind heeft de hele dag honger, maar nooit krijgt ze meer dan twee kleine boterhammetjes mee in haar trommeltje. Als ze haar rantsoentje op heeft, gaat zij bij de andere kinderen braaf staan wachten tot die gedaan hebben met eten en vraagt dan of ze het boterhamme-tje mag hebben dat een andere kleuter niet meer hoeft. Ik heb het haar moeder al gezegd, dat ze het kind wat meer eten moet meegeven in haar trommeltje. Weet je wat ze antwoordde? Ze heeft meer dan genoeg, ik wil van mijn kind geen vreetzak maken. Nooit krijgt dat kind eens een koekje of een appel mee of een snoepje. Het staat gewoon stilletjes te wachten tot ze van een ander kind iets krijgt. Met grote ogen gaat ze bij de andere kinderen kijken wat die allemaal bij zich hebben. Daar zijn toch geen woorden voor, zegt Henk. Inge schudt niet begrijpend het hoofd. Dat is tussen haakjes het kind over wie ik je dat pijnlijke verhaal vertelde vorige winter je weet wel, toen we een groepsgesprek hadden maandag zeven december. Wat de Sint allemaal had gebracht. En bij Anneke? vroeg ik. Niets juffrouw, zei ze met een klein stemmetje. Niets? Nee, bij mij is de Sint niet gekomen. Hij is ons voorbijgereden. En ik ben toch altijd heel braaf geweest! Ik heb toen ongemakkelijk gezegd dat hij misschien toch nog zou komen. Is hij al terug naar Spanje vertrokken juffrouw? vroeg ze. Ik wist niet wat te antwoorden, maar de belhamels natuurlijk wél. Ik zei dat ik het niet wist. Dat ouders zó kunnen zijn! dat snap ik niet.

Niets dan treurnis, zegt hij. Hij buigt zich over haar: Al een geluk dat wij zoveel van elkaar houden. Zij trekt de wenkbrauwen op. Ben jij daar zeker van. Hij knikt. Kom maar eens mee, zegt hij beloftevol. Wat krijgen we nu? vraagt ze, terwijl hij haar bij de handen neemt en uit de fauteuil recht trekt. Dan wringt ze even tegen. Jamaar nee hoor, zegt ze, nu niet, ik ben veel te moe. Maar hij glimlacht en zegt, nee, maar kom eens kijken in mijn werkkamer. Hij gaat haar voor. Ik moet je nog iets anders vertellen ook, zegt ze, deze middag kwam Bob even goeiedag zeggen en hij vroeg mij jou een voorstel over te maken. Hij zou graag hebben dat je er op in ging. Veel kan hij je niet betalen maar misschien zou je 't leuk vinden... Ze houdt op met spreken als hij haar met een hoofse armzwaai en een buiging zijn werkkamer binnenleidt. Ze neemt de huldetentoonstelling op en leest wat hij op het grote tekenblad heeft geschreven dat hij op een kader heeft geprikt en op zijn schildersezel gezet. Dan zegt ze droog: En vieillisant on devient plus fou et plus sage.

Hij pakt haar hand vast en tussen zijn kussen door mompelt hij: dat verdien jij toch wel, mijn eeuwige liefde, kleine meesteres, róndeling, vertroeteling, toverprinses, co-piloot, dirigent van ons leven, hertogin van de kleuterschool.

26

Om twee uur stipt komt hij de bijna lege speelplaats opgestapt. Verspreid over de verschillende banken zit een dertigtal leerlingen. Op de speelplaats hollen enkele jongere knapen achter elkaar aan. Vertrouwd beeld. Dat zijn de jongsten. Twaalf jaar. Net als de meisjes die er vederballetjes met de dunne raketjes heen en weer slaan. Dat is nieuw voor hem, maar zoiets kan natuurlijk omdat ze met zo weinigen zijn. Een deel van de kinderen is kennelijk al naar binnen. Van ver steekt hij de arm op en roept: De tekenklas? Kom maar mee. Hij is als eerste in het tekenlokaal. Dit is het domein van de tekenleraar die ook een vermaard beeldhouwer is, maar hij voelt zich geen indringer. Hij verstrekt complementair onderwijs, leert ze een hobby aan, houdt ze nuttig bezig elke woensdagnamiddag. Anders hangen ze toch maar ergens rond en deze kinderen zijn daar te goed voor. Deze hier zijn vrijwilligers, dus geïnteresseerden.

Ongedwongen komen ze al pratend binnen. Dit moet nu mogen. Hijzelf stelt zich heel losjes op: zo, naar ik heb vernomen gaan wij van nu af samen elke woensdagnamiddag aangenaam en prettig doorbrengen. Eerst zullen we maar eens kennismaken. Jullie nemen een half blaadje papier en schrijven daar op: naam, voornaam, geboortedatum, beroep van vader en moeder desgevallend en als je geen vader of moeder meer hebt, bijvoorbeeld overleden of als de ouders gescheiden leven, schrijf je dat er ook bij, en ook bij wie je woont. Vertel ook in twee woorden waarom je naar de tekennamiddag komt. Bijvoorbeeld moeder wou het, vader vond dit nuttig, of grootvader, of: ik teken graag of... nou zie maar.

Hij ziet ze schrijven, verscheidenen linkshandig, dat verschijnsel neemt dus toe. Sommigen houden het hoofd zo schuin dat ze bijna met één wang op de bank liggen. Klaar? Ja, roepen er twee. Nee meneer, nog niet! Dat is een trage. Elst laat de briefjes even later ophalen en zegt: nu is 't mijn beurt om mij bekend te maken, ik schrijf dus mijn naam op het bord. Hij neemt een stuk krijt en begint. Het glijdt echter zonder effect over het bord. Aan het eind van de voormiddag heeft de leerling die dit bord heeft schoongeveegd eerst de spons gauw met het zeepstuk ingewreven, zodat het krijt niet pakt. Kent hij. Een truc zoals het natmaken van het krijt, dan kun je er ook niet meer mee schrijven. Mijn naam is Henk Elst, zegt hij E-l-s-t. Zijn er misschien onder jullie die mij nog hebben gekend als leraar op deze school? Ze schudden ontkennend het hoofd. Nou, we gaan het ons hier lekker gezellig maken. De woensdagnamiddag zal ontspannend én leerzaam zijn. Wie weet wat een wereldberoemde kunstschilders jullie nog worden!

Meneer, ik kàn niet goed tekenen, zegt een jongen. Grootmoedig maakt Henk Elst een breed gebaar: daar moet je helemaal niet mee zitten, integendeel, eigenlijk kan iederéén tekenen. In korte tijd leer je 't. Je mag alleen niet bang zijn dat het niet helemaal gelijkt op het echte. Je moet gewoon durven en met veel kleuren werken. Vooral niet bang zijn dus, en niet petieterig klein tekenen. De eerste weken gaan we ons flink oefenen met het potlood en verder met vetkrijtjes werken. Daarna zal ik jullie leren omgaan met plakkaatverf en vervolgens met waterverf. Dat is moeilijker maar zover zijn we nog niet. Zo dus, geen angst en met volle moed aan de slag! Hij ziet ze zitten luisteren en hem bekijken. De meesten zitten dicht bij elkaar, enkelen ver van de anderen vandaan, alleen achteraan. Veertien telt hij er. De meesten zijn twaalf, dertien. Twee meisjes met grote ogen luisteren als betoverd. Hij moet erom glimlachen. Twee snaken van een jaar of veertien, misschien vijftien zitten al ongevraagd krabbels te maken en tonen ze lachend aan elkaar terwijl ze zich clownachtig trots op de borst slaan en een dikke nek opzetten. Ieder moet nu eens tekenen wat hij of zij het *liefst* zou tekenen. Alles mag zegt hij veelbetekenend. Eentje giechelt. Een vrije tekening maken dus, goed grondig en niet te gauw klaar willen zijn.

Menééér, zeurt een van de meisjes, ik wéét niet wat ik zou tekenen. Alles is goed, zegt hij bemoedigend. Een tovenaar die iets tovert. In het restaurant. Een rare droom. Een té gekke familie. Een plantenoorlog. Of Fallijntje en Kwadroes die iets zonderlings fabriceren... Die kennen wij niet, zegt een knaap, hoe kunnen wij dan weten wie of wat dat zijn? Nou, zegt Henk, ik ook niet, ik zou ook wel eens willen weten wat dat voor wezens zijn, daarom moet je ze tekenen! De knaap gebaart met zijn wijsvinger tegen zijn slaap naar een andere jongen.

Wanneer om vier uur de bel rinkelt, klinkt hem dat ongewoon in de oren, vertrouwd en tevens alsof het komt uit een vreemde wereld. De leerlingen pakken in en haasten zich naar buiten. Enkelen roepen: Dag meneer!

Hé, komt u opnieuw aan ons lesgeven meneer?! Hij

kijkt beduusd op. Dag Scarlet, zegt hij verrast. Scarlet
Schoon, heet ze, toepasselijke familienaam. Nee hoor,
alleen op woensdagmiddag kom ik tekenles geven
voor die hobbygroep. Dacht ik al, zegt ze. En jij, Scarlet? Ik volg een extra cursus Frans, zegt ze bekoorlijk.
In welk jaar zit je nu? In vier-C, afdeling voeding.
Zestien dus. Ze is zo lang als hij, een slanke meid. Je
bent al een hele dame geworden, en een mooie, zegt
hij. Ze lacht fijntjes: Zal ik eens bij u komen poseren
meneer?